별들의 구릉 어디쯤 낙타는 나를 기다리고

윤선

시인의 말

별을 바라볼 수 있는 쪽에

문 하나를 그렸습니다

몇 번의 봄이 지나갔지만

문고리만 잡고 있었습니다

어느 날 문이 열렸습니다

혼자 춤추다 들킨 것처럼

온몸이 발갛습니다

2023년 9월

윤선

별들의 구릉 어디쯤 낙타는 나를 기다리고

차례

1부 알 듯도 한 사람

2부 우리는 연두까지 걸으며 흔들리는 중

3부 목요일의 아일랜드로 가요

4부 나는 불안을 얼마나 사랑하는지

해설

1부
알 듯도 한 사람

훌륭한 밀월

붉은 해가 탱자나무 울타리에 걸려 있었다

과수원 밭집에서
종일 책 속에 빠져 있다가
우물가에서 발을 씻고 있었다

그때
알 듯도 한 그 사람이
과수원 사립문을 밀고 들어왔다

재빨리 사과나무 뒤로
몸을 숨겼다
기차 지나가는 소리가
온몸을 사정없이 흔들었다

미나리꽝에는 낮은 바람이 물결처럼 일었다

그는 나에게

성큼성큼 걸어 들어와
먹음직하게 잘 익은 사과를
광주리 가득 따서 담았다

나무는 아무런 움직임도 없었다

그는 마치 미나리꽝을 다녀가듯
광주리를 옆에 끼고
유유히 과수원을 빠져나갔다

사립문에는 그의 윗도리가 걸려 있었다

계절이 바뀔 때마다
울타리에는 무성한 풀이 돋고
바람이 불 때는 그의 윗도리에서
보랏빛 나팔꽃 종소리가 울렸다

줄 것이 없는 내게

보여 줄 것도 없는 내게
광주리를 들고 걸어 들어오는
알 듯도 한 그 사람

사과를 입안 가득 베어 먹는 시간이
달콤하고 황홀한 밤이었다면
훌륭한 밀월이다

일찍이 내게
소리 없이 붙잡혀
붉은 어둠으로 내려앉는 것이
슬쩍 빼앗기는 것이
사과의 미덕이라고 알려 준

알 듯도 한 그 사람

달빛이 너무 좋아서

달빛을 끌어앉힌
둥그런 철쭉꽃 밥상이
늦은 밤 고요를 상 위에 펼친다

한 상 차린 늦은 저녁상 앞에
등이 넓은 남자
밥 한술 뜨는지
굽은 어깨가 조금씩 흔들린다

나는 소처럼 일만 했는데
어렵게 여기까지 버텨 왔는데
눈앞이 캄캄해
형, 죽고 싶어

봄밤 꽃들은 왜 눈물을 퍼 올리는지
눈물을 맡으면 풀 냄새가 난다

홀로 앉은 향기 나는 밥상

길고양이도 재빠르게 꽃상 아래 숨어들고
나는 멀찍이 떨어져
덩치가 큰 플라타너스나무 뒤에서
풀 냄새를 들이마신다

세상의 길들은 수만 갈래인데
남자가 걸었던 길은 왜 꽃 앞에 멈추었는지
흔들리는 달그림자가
남자의 등을 덮어 주고 있다

플라타너스 잎 속으로
봄밤은 깊어 가고
달빛에 젖은 푸른 윗도리가
왠지 눈에 익은

나는 나무둥치에
등을 바짝 붙인다

등과 등이 닿아서 함께 흔들리고 싶은
봄밤

저 가슴 밑바닥을 긁어 퍼 올린
가장家長의 기도가
가만히 있어도 흔들리는 밥상이

밤바람이 건듯 불어와
그림자를 늘이자
쥐똥나무 꽃향기를 퍼 담은 달이
눈치도 없이
밥상에 젓가락 하나 얹는다

말을 가두어요, 조세핀

*

입술이 간질간질하도록 풀을 뜯고 싶은가요
조금만 참으세요
푸른 풀물이 내 몸을 물들일 수 있도록

혀 밑에 말을 감추고 말을 풀처럼 입 속에서 굴려 보
세요
헐렁하고 오물을 덮어쓴 말들도 풀과 섞이다 보면
한결 부드럽고 맛있는 풀들이 되는 걸요
가끔 입술 밖으로 흘러내리는 말 때문에
풀들이 짓이겨져 격이 낭하를 구를 때는
입 속에 구르는 말을 저주하세요, 조세핀
말들을 함부로 초원에 띄우면
히이잉!
울음소리도
느슨해진 공기 속에서 질서를 잃고 말 걸요

따뜻한 온도를 품어야 말은 살아나는 걸요

함부로 다루면 말의 화살이
한가한 오후를 부서뜨리고 말 거예요

　*

말들이 사는 철장鐵欌을 하나 가져 봐요
내 가슴보다 작게요
말을 가둘 수 있도록요
음흉하고 위태로운 풀들은 골라서 꼭꼭 씹으세요
풀을 뜯는 입으로만요
비유와 페르소나로
말의 수위를 풀빛으로 잔잔하게 조율해 보세요
온도와 색깔과 맛과 감촉과 목소리를요

초원은 언제나 사람들 눈앞에 깔리고 있어요

나의 초원으로 말을 데리고 나와요
거친 풀들을 모조리 먹어 치우고
들판을 가꾸어 보세요, 조세핀

*

엎질러진 하늘은 빠르게 바닥으로 스며들어
다른 대지를 꿈꾸고 다른 풍경을 만들어내요
조세핀, 말을 잘 길들여 봐요
난폭하게 날뛰지 않게
조용히 햇빛과 바람과 구름을 당신 눈 속으로 담듯

말을 풍경 위로 풀어 주세요

푸른 초원에서 풀을 뜯는 한 마리 멋진 말을요
자꾸 손 내밀어 상대방 마음을 넘보지 마세요
태평하게 보이는 사람들도 마음속을 두드려 보면
어딘가 슬픈 소리가 나거든요*
그러니 말을 가두어요, 조세핀

* 나쓰메 소세키 『나는 고양이로소이다』 중에서.

프로펠러

너무 낮게 뜬다구요 클 클 클

잘 돌아갈 수 있도록 너무 조이지 마세요
좀 헐렁해야 돌아가지 않습니까?

마주 본 손바닥을 비비고
말도 찰방지게 빙글빙글 돌려 보세요
조여진 생각을 풀어야 뜰 수 있다구요?
너무 조여도 안 되고 너무 풀어도 안 된다니까요
마음에도 없는 날개를 비슷하게라도

베껴야 하는 겁니까?
자기만의 독특한 날개를 달아 보라구요
염도 높은 소금물로 입안을 헹구고
숫돌에 잘 갈아 쓰는 벼리를
가슴 중앙쯤에 두고
눈을 심장에 꽂아 두고
콧대는 너무 높이지 말아요

그러면 당신의 선한 눈동자가

보이지 않으니까요
프로펠러가 잘 돌아간다고 높이 뜨는 건 아닌가 봐요
내일이 무엇을 가져올지 아무도 모르는 것처럼
마음속에 열정이 쓰러지면
몸도 마음도 말도 생각도

추락하거든요
부러진 프로펠러는 더는 돌지 않아요
이를 보이고 웃지를 못해서
뜨지 못해서
내 친구 글로리아는
머리 위에 고인 물렁한 구름만 주무르다
어제도 광화문 근처에서

이름을 버렸다지 뭐예요
청계천 밤

물그림자에 빈 손바닥 펼치고는
_옛다 간빠! 하고_

던지고 왔다니까요
돌아가는 프로펠러가 어지러워
높이 뜨는 이름들이
목적지도 없이 높이 올라 부풀려진 과부하로
어디로 떨어질지
상대방의 프로펠러 소리에만 집중하다 보니

진실이란 거 들들들 들들들
양심이란 거 털털털털 털털털털

비어져 나오는 웃음을 참지 못하는 사내는
벗은 윗옷을 돌리며 광장을

뛰어서 지나가요
돌 것 같습니다

돕니다 돌아야 날 수 있으니까
돌아야 예술이니까

당신 머리에 프로펠러는 왜 돌고 있습니까?

쓸개까지 빼라구요 클 클 클

삼월

당신은 삼월을 빈틈없이 잘라내시는군요

번득이는 날을 가진 삼월은 당신의 높은 책장처럼 눈
부셨거든요
칼날이 뒤집힐 때 푸른 등이 넘실거렸지요
그 위로 힘들 때마다 생겨난 수북한 지느러미들

숲으로 들어갔지요
천장이 유난히 높았던 방으로 깃밝이 새들이 여는
아침을
맨발로 따라 걷는 숲길도
물 위를 걷는 음률 같았거든요
봄비가 나비 날개로 올라앉아 노래할 무렵
제비꽃도 무스카리도 아네모네도 비비추도
사과 씨앗 닮은 올새의 눈망울과 입 맞추고
당신에게로 날아들 화첩을 그리고 있었거든요

지난 폭설은 우리의 의뭉스러웠던 의심마저 다 덮어

버렸지요

당신, 숫돌을 가진 사람
갈아 둔 칼을 꺼내 삼월을 어김없이 잘라내시는군요
뚱딴지같이 흘러내린 낮은 말이 비어져 나올 때쯤
당신의 나무에서는 날카로운 초록 이파리들이
해사한 청춘을 찔러대고 있더군요
닿기만 해도 마음에 금이 가는

눈을 감아도 흩날리는 잎들
깊고 깊은 당신의 서사가 입술 위에서
춤을 추는군요

이제 강 건너 홀로 선 당신
보내 주신 삼월은 참 아프군요
보내 주신 삼월 잘 받았어요

입 속에서 종이 타는 냄새가 진동을 해요

, 동물원

, 나뭇가지는 축축 늘어지고 날개들이 축축했던 여름이 지나갔습니다 천장에는 선풍기 날개 같은 슬픔이 빙빙 돕니다 울타리 안으로 새로운 창고가 들어섭니다 여름 내내 붙어살던 검은 털 자국들이 햇살에 드러납니다 몸에 물 자국을 그려 놓은 강물은 무섭고 더디게 흘렀고 우리는 강 가까이로 달렸습니다

흐르고 싶어! 라고 울먹이던 목소리만 태운 강물은 밤이 되어도 소리 없이 겨우 흐를 뿐이었습니다 창고는 텅 비어 있습니다 채울 것이 없다고 아우성을 칩니다 여기저기서 울타리를 뛰어넘다 들킨 가면을 쓴 이들이 화면에 비치는 오후입니다 집집마다 등을 켜는 울타리 안은 뉴스가 거짓말처럼 흐릅니다 거짓말이 거짓말을 받쳐 들었습니다 거꾸로 입은 바지에 넥타이를 졸라맨 털로 덮인 얼굴들이 불룩한 지갑을 흔듭니다 우리가 출렁입니다 밖을 뛰어다니는 청춘의 푸른 눈망울들은

일하고 싶어! 라고 외칩니다 두꺼운 지갑을 사는 일로 친구들과 자주 문자를 주고받습니다 오늘도 동물원 언덕에는 황금 가면을 쓴 얼굴들이 카메라를

보고 브이로그를 그립니다

, 옷소매를 발끝으로 밟고 다니는 역병이 쓸고 간 지붕 위로 멋진 노을이 속절없이 내려앉습니다 동물원 울타리 안까지 끌고 들어온 붉은 그림자 속에서 지갑이 얇은 얼굴들이 어둠을 두껍게 끌어당깁니다 날카로워진 날개도 몽둥이처럼 부풀려진 꼬리도 침이 말라 깡마른 몸통도 화살처럼 쏘아보던 눈동자도 힘을 잃었습니다 동물원은 밤마다 괴성이 울타리를 넘습니다 털에 눈이 덮인 짐승들이 지나가며 손가락질을 합니다

드디어 미쳤군! 사람인 척하는 짐승들이 생각을 공글리다 털과 손톱이 길어진 새벽, 창고 안에는 뒷모습을 물들였던 노을만 가득합니다

, 동물원에도

사월인 줄도 모르고

사월은 잭나이프같이 햇빛을 접었다 편다

그사이
빛으로 떠 있는 은하를 닮은 섬
섬 둘레길에서 마주 선 사람들

있는 힘을 다해
우리가 달려간 그곳
꽃 속에서 걸어 나오는
낯익은 얼굴들

손가락이 부러지지 않을 만큼
들고 있었다니
그 푸른 은하

무거워서 팔이 떨려 와도
너의 손을 바라보며
현실은 이런 거야

입술을 지그시 끌어 올리고
함께라서 외롭지 않다고
온 힘을 모아 손끝까지 밀었지

나날이 둥글어져서
가려져 버린 얼굴이 보이지 않을 때는
다정한 목소리로
서로를 핥아 주곤 했지

푸른 지구를
들고 있다는 자부심으로
먼 길도 마다하지 않고
꼭두새벽부터 달렸지

사월은 말없이 섬을 끌어안고

자고 일어나면 부풀어지는

머리 위 푸른 은하

그래도 뚜벅뚜벅 걷는 연습을 했지

철이 없어 힘만 자라던 밤들이
우리를 받쳐 주고
헐렁한 티셔츠 안으로
불어오던 다정한 사월의 함박 바람
그게 없었다면
우리는 신이 되었을 거야

너와 손이 닿던 날
머리 위 무거웠던 은하가
우리보다 먼저 부딪쳐
쏟아져 내렸지
신의 가호가 있었는지도 몰라

오랑캐꽃과 수선화가 발목까지 차오르고

손가락에 힘이 생겨나고
거뜬히 들어 올린 수많은 사월

사월은 햇빛의 속도로 깊어진다

저 아래 둘레길에
사월이라는 은하를 이고
올라오는 사람들

웃음소리가 꼭대기까지
잭나이프처럼 접혔다 펴진다

조조 영화를 보러 갔다

영화관에서 사랑은 시작된다 화면에서 흘러내리는
언덕이 있다 **계곡물 흐르는 소리가 대형 스피커를
두드린다** 마음에 들지 않는 대사를 들으면 귀가 아프
다 기억의 물두멍에서 퍼 올린 장면들이 계단을 타고 내
린다 어둠이 아닌 것들 혀에 닿지 못한 대사를 입 속으
로 삼키면 대화가 끝난다 누군가 걸어간다 태양 아래다
화면이 바뀔 때마다 돋아나는 풍경이 있다 솟은 잎에서
서늘한 바람 소리가 들린다 의자 깊숙이 깔고 앉았던 구
겨진 마음 한 장 꺼낸다

불행을 견디면서 어른이 되는 거란다. 웃기지 마 개새
끼야

주운 잎들을 던진다 구덩이 속으로 캄캄한 서사 속
으로 깜깜해진 내 젖은 사랑의 숲으로, 길은 언제나 뜨
거운 모래사막이었지 **계곡에서 흐르는 물소리가 발
바닥에 밟힌다** 밟을수록 깊어지는 어둠이 있다 어둠
이 어둠을 감싸 주니 이 따뜻함은 얼마나 찬란한가 울
고 싶은 날은 발길이 영화관으로 닿는다 오직 머리와 가
슴뿐인 사람의 두 마디, 자라지 못하고 뒤처지는 것들이

몸속 구멍으로 하나둘 빠져나와 영화 속으로 섞인다 미처 빠져나오지 못한, 말이 되지 못한 것들 힘들게 삼켜야 했던 것들이 어느 날 몸 밖으로 뻥 뻥 뻥 터져 나왔지 아마

사랑은 새롭게 시작된다 사막은 형태가 바뀌어도 언덕이 완만해져도 뜨거운 모래는 발바닥에 달라붙고, 멈추어 버린 꿈도 내 사랑도 닳은 발꿈치도 영화관에서는 모두 푸르게 빛난다 영화관에 몸을 띄우는 것은 오래전 시간을 느끼는 일 그때의 공기도 함께 숨 쉬는 일 아늑하고 넓게 퍼지는 빛줄기, 손은 가위질을 위해 생겨났는지도 몰라 생각도 육체도 잘리는 것과 잘라내는 건 자랄 수 없으니까 손아귀에 힘이 모이고 푸른 잎을 모으는 손마디가 뜨겁다 사막을 옮겨 놓는다 수없이 내밀었던 주먹들이 영화 속으로 흘러든다 잎들이 살아난다 짙푸른 잎들 함께 스민다 나의 초원과 대지는 영화보다 더 거침없이 자란다 **계곡에는 잘린 잎들이 물소리에 섞여 흐르고 있다**

장미는 어떻게 흘러내리는지 몰라

굽이 높은 구두를 신은 유월이 월담을 한다

어제보다 커진 이파리의 박수 소리가
바람이 부는 쪽으로 터진다

울타리를 깁고 있는 덩굴장미
솔기마다 화장이 들뜬 얼굴들이
담장을 기웃거린다

당신은 내 심장이다
가슴보다 조금 높은 담장

유월이 몸을 털 때마다
사방으로 흩날리는 마음들

마음을 준다는 것은
당신을 향한 내 마음을 복기한다는 거

오르다가 떨어지고
꽉 잡은 손아귀가
맥없이
또 흘러내리고

붉은 질투가 수북이 떨어져 내리던 담장 아래

긴꼬리딱새가 알을 낳는 동안
당신 잠의 꼬리를 잘라
내 침목 위에 두고
밤새 가위눌린 심장 위에
담장을 세운다

한 뼘 더 자란 밤의 정원은
무성히 얼굴만 붉히고

숲들이 일제히 두 팔을 흔들어
초록의 가지를 켠다

먼 산에 얹힌 당신의 붉은 얼굴이
쑥스러워 눈을 감을 때까지
저녁은 초원을 부슬부슬 밟고 올라와

당신에게 닿지 못한 시간은
가시에 걸려
솔기마다 울음이 비어져 나오고

사유의 저쪽
붉은 울음은 담장을 타고 오른다

장미는 어떻게 흘러내리는지 몰라

월담을 꿈꾸는 나는
당신의 높은 담장을
훌쩍 뛰어오를
굽이 높은 빨간 구두를 신고

귓속의 그녀

배에서 꼬르륵 소리가 날 때까지 내 귓속에 사는 그녀는 아무런 말이 없어 속상하거나 얼굴이 토마토처럼 익어 갈 때 내 귓바퀴를 톡톡 치며 이어폰을 꽂아 주거든 매일 어두운 귓속에 웅크리고 앉아 더 깊숙이 어둠을 껴안는 방법을 모색하다가 사람들의 입술에 흔들릴까 봐 착 달라붙어 달팽이처럼 감겨 사방이 어둠에 발을 내려놓을 때 살짝 기어 나와 햇빛과 바람과 구름을 통과한 오늘을 쿵쿵 핥아 보지만 정적에 끼어든 말소리에 놀라 얼른 몸을 감지

내 귓속에 사는 그녀는 토막 난 말들을 잔뜩 부려 놓고 심술을 부릴 때도 있어 그녀가 부풀린 말이 줄어들지 않아 밤새 거품을 지우느라 하얗게 날을 밝힐 때도 있었지 그녀가 튀긴 얼룩은 여러 색깔로 변해 내 몸에 이상한 지도를 그려 놓고 귓바퀴가 울리도록 깔깔대며 데구루루 구르지 부메랑은 왜 다시 날아드는지 알아? 네가 던진 말이 그리워서 네 가슴에 별처럼 박히고 싶은 거야

내 귓속에 사는 그녀는 심술보가 커서 입이 찢어지는
줄도 모르고 마구잡이로 말들을 집어삼키지 *애야, 말은
퍼 나르는 것이 아니라 내 속에 깊숙이 가두는 거란다
그래야 가끔씩 넘나드는 햇볕과 바람과 구름이 너를 단
단하게 감싸 준단다* 구수한 가이사의 목소리가 귓바퀴
를 울릴 때쯤이면 나는 그녀의 배를 가르고 싶어져 그녀
가 삼킨 것이 그녀의 빨간 질투의 콩밥이었는지 메피스
토펠레스가 빼앗으려는 영혼이었는지 금기된 우리의 진
한 의리였는지 야누스의 살짝 얽은 민낯이었는지 따뜻
하고 몽글몽글한 그녀의 진실한 영혼을 만져 보고 싶었
거든

내 귓속에 사는 그녀는 나의 서사를 훔쳐서 자기 것
으로 착각해 마르지 않는 내 옷을 뒤집어쓰려고 하지
내 몸뚱이의 고약한 냄새가 달라붙은 서사를 꾸며 모
자처럼 쓰고 다녀 바람과 함께 사라질 수는 없는 건가
요? 빨간 토마토? 부딪치는 건 눈빛이 아니고 마음인데

내 귓속에 사는 그녀는 온통 귓속밖에 모르니까 프로펠러처럼 돌고 있는 오늘을 귓속으로 가져가려고 붉은 혀를 내밀어 귓속은 말을 담을 수는 있지만 슬픔과 눈물은 담을 수 없는데 말이야 그래서 나도 슬퍼져 내 귓속에 사는 그녀

메이저리거

엄마는 선수였다
한 번의 연습도 없이

주위 사람 아무도 아프게 하지 않고
선수답게 떠났다

가끔 호스피스 병동 엄마 침실에 숨어들어
방아깨비처럼 말라 버린 엄마 곁에서
아침까지 잠들었다가 들키는 일은 있었지만

해가 바뀔 때마다
응급실에서 마지막 인사를 연습하던 큰언니보다
멋진 헬멧을 쓰고 오토바이를 하늘까지 몰고 간
작은오빠보다 오래 살았다

자식들 하나둘
몸 가르는 경기까지 다 지켜보면서
당신의 홈에서 품었던 새끼들이

죽음의 문턱까지 달렸을 때도
당신의 피와 살을 긁어 그 문턱을
마르고 닳도록 닦고 닦더니
안간힘을 다해 문턱의 금을 짓뭉개 버렸다

아무도 선수를 선수답게 대접해 주지 않았지만
엄마는 선수였다

살아 있는 날은 계속 삼진이었지만
죽음 앞에서 멋진 홈런을 날린 거다

죽음을 몇 번 연습한 우리는
세상의 공명으로 떨리는 새가슴을 움켜잡으며
엄마의 뜨끈한 희생타를
오래 끌어안고
이렇게 떨고 있다

비봉길 초록 대문

아카시아꽃이 흰 눈물을 흘리며 낡은 기왓장을 엿보는 오후, 지붕에 덧댄 물받이 함석이 땡볕에 따글따글 들끓는 거기, 너 거기 있었구나 햇살을 가르고 들려오는 구슬픈 산비둘기 울음소리가 아카시아꽃 터널을 뚫고 앵두나무를 지나 산비탈 노란 골담초 가시덤불 아래 구렁이 비늘 위로 번쩍 튀는

오토바이 사고로 죽은 작은오빠가 꿈속을 자주 기웃거렸다 큰오빠는 종일 전축을 끌어안고 *더그린그린그래스오브호옴*이 대청마루를 훑는 동안 나는 두꺼운 책에 코를 박았다 언니는 상방 방구석에 틀어박혀 서울에서 온 편지를 읽고 또 읽었다 오붓하게 불러 오던 언니 배가 찬송가가 펼쳐진 풍금에 닿았고 건반 위로 아카시아꽃이 자꾸 떨어졌다 나는 세계 명작동화를 옆구리에 끼고 철 가면을 썼다가 폭풍의 언덕을 오르내렸다가

금을 그은 듯 우물 옆 꽃밭에는 담장 그늘이 반쯤 걸려 있고 교회 종소리가 아까시나무 가지 사이로 울려

퍼졌다 꽃잎들이 햇빛을 튕길 때면 죽은 오빠가 꽃밭에
서 날아오르곤 했다 담장 밑 접시꽃만 땡볕에 붉은 입술
을 내밀고 엄마는 검은 주름치마 속에 당신의 그림자를
감추고 예배당으로 갔다

　동네를 감싸 안은 아까시 숲은 우리 집을 폭 가라앉
히고 가끔 뒷집 말 울음소리가 목에 감겼다 낮은 포복
으로 엎드린 지붕과 마당과 초록 대문은 무사했다 밥상
에 둘러앉은 우리는 말없이 밥그릇을 비웠고 그날도 그
다음 날도 우리는 아무 일 없었다 비봉길 86-4번지 아까
시나무 그늘만 깊었다

2부

우리는 연두까지 걸으며 흔들리는 중

얼굴

자주 얼굴이 빨개진다

심장에 고인 말들을 부려 놓기에는
언제나 무겁고 떨리는 손

어깨 너머로 훔쳐보는 불온한 웃음이
발갛게 흘러든다

금방 얼굴이 뜨겁게 달아오른다

손이 자꾸 얼굴로 간다

심장에서 돌 하나 쿵
떨어지는 소리가
발끝까지 울린다

얼굴에 손바닥을 놓았다 뗐다 한다

나는 매일 새로운 뉴스를 보고
텅 빈 거리에서도 신호를 지키고
세상에서 슬픈 소식을 들을 때는
두 손 모아 짧은 기도를 했지만

가끔 거짓말을 하고
아무렇지도 않게 누군가를
베끼기도 한다

교회에서 예배를 보았고
톨레랑스
리스펙에
가까이 가 닿으려고
팔을 늘여 가며 악수를 하고
거룩한 척했는데

대형 유리에 비치는 내 얼굴은
오늘도 빨개져 있다

나를 흘끔흘끔 보면서 지나가는 사람들
그들의 얼굴은 일요일처럼 밝다

나는 사람들 뒤에서 걷고 있다

뒷모습은 스스로를 밝히지 않는다
하지만 마주한 이를 속이지도 않는다*

터질 듯한 얼굴을 보듬으면서
나날이 두꺼워지는 그것에

또각또각
신발 소리를 얹고
힘주어 걷는다

한 발자국씩 뒤처지는
느린 걸음 속으로

내 모습은 작아지고 있다

뒤쪽에서
내 걸음을 따라 걷는 얼굴이 있다

*미셸 투르니에 『뒷모습』 중에서.

슬픔보다 높이

수제 생맥줏집 건희 씨
서빙이 끝나면 출입문 손잡이를 잡고 몸을 푼다
착 달라붙은 청바지에 가슴이 드러나는 브이넥을 입고
엉덩이를 빼고 뒷다리를 들어 올린다

불금의 밤은 혀가 풀어진 목소리 공장
우리는 눈앞에 없는 얼굴들을 데려와
먹태와 함께 씹는다

계산대 옆에서 다리를 쭉쭉 뻗어 가며
건희 씨, 흘러내리는 말들을 걷어찬다
우리는 화끈거리는 얼굴을 손으로 비비며
얼른 입을 가린다

거품이 사라지고 입으로 빨려 들어가는 거친 말들이
두근대는 심장에 푸른 잎들을 매단다

건희 씨, 다리를 꼬고 앉아서도

두 팔은 스트레칭에 열중이다
주문 벨이 울리면 쏜살같이 달려가
테이블 위에 흩어진 입들을 상냥하게 줍는다
굽이 높은 신발을 꿰고 엉덩이를 흔들며 걷는다
_저 힘찬 워킹_

달콤하고 고소한 둥클레스에 고여 있는 하루를
한 모금씩 덜어내면서 입술을 슥슥 문지를 뿐

다크에일과 번데기가 추가되고
필터 없이 쏟아져 내린 소음들은 좀처럼 가라앉지
않고
슬픈 아침과 늘어진 오후를 꾹꾹 눌러 담은 오늘은
거품으로 부풀었다가 흘러넘친다

눈물 같은 맥주를 핥고 있는 자정 넘은 시간
모든 입들이 천장으로 뜬다
우리는 술잔보다 높이 슬픔을 차올린다

사과나무 아래

내 코는 붉은 사과예요
여름에서 가을 사이
날아오는 꽃가루에 섞인 채 익어 가요
바람이 살짝 옷깃을 들출 때마다
맑은 과즙이 흘러내려요

사과가 익기도 전에
내 몸에 달라붙은 불청객은
바깥으로 난 모든 길목을 기웃거려요
내 몸을 닮은 붉은 사과
구멍을 가진 다정한 것들은
아침저녁으로 재채기를 해요

물관을 타고 뿌리에서 꼭대기까지
가끔은 막힐 때도 있지만

슬프지도 않은데 눈물이 고이고
귀와 눈과 코언저리에는

쉴 새 없이 잠자리가 날개를 비벼요

내 몸은 단물을 잘 빨아올리는 사과나무인가 봐요

입도 코도 눈도 귀도 가진 나무

세상의 모든 슬픔이 망망대해를 떠돌다가
나에게로 배밀이를 해요
나는 어디로 흘러가야 할지 몰라
망설이고 망설이다가
바람이 부는 쪽으로 떠밀려 가요

힘을 다해 꼭대기까지 뽑아 올린 불안들이
굴풋한 소리로 붉게 익어요
내 사과는 긴장하면 할수록
시도 때도 없이 맑은 과즙을 만들어내요

계절이 바뀔 때면

몸보다 먼저 찾아드는
시곗바늘처럼 건조하고 정확한 눈금

꽃이 지는 저녁을
나뭇잎이 잎을 마는 저녁을
균형을 잃어버린 내 기억 속의 질서를
기억해내는 놀라운 내 사과
온몸 구석구석을 들쑤시고 다녀요

세상에서 이리저리 치이다 보면 물이 되나 봐요

내 안에 자꾸 고이는 말간 물
계절마다 출렁이는 슬픔이
발등을 적셔요

나는 사과나무 아래
내 굽은 등을 기대고
절기의 뿌리가 내리기를 기다리고 있을 뿐

미친 세상을 이해하는 척하는 방법*

너에게 달을 쏟아부었지
달의 그림자까지 무수히 퍼부었지
악마의 얼굴을 덮어쓴 달
검은 하늘에 사위었다가 다시 살아나는
달의 표면을 사랑한 너의 얼굴은
오늘도 둥그렇게 떠올랐지
지탱할 힘이 없는 두 다리
외로워서 구르던 밤이 달빛처럼 흘러내렸지

떨어진 팔에서 솜이 비어져 나온 인형처럼
달빛을 한 줌씩 빼내어 가 버린 너
주머니 속 동전이 먼지를 구르던 음역까지
탈탈 털어서 너에게 퍼부었지

헐거워진 심장을 밟은 내 사랑은 무한히 떠돌고
눈을 가린 날쌘 목소리들이 목을 조르고
눈을 부라리며 주먹을 쥐고
돌려 까기!

돌려 까기!

나를 가져가세요 나를 가져가라니까요
끌려가 드릴까요? 끌려가면서 외쳐 볼까요?
영혼이 빠져나간 목소리로 외치는 노래는
한 옥타브씩 높아지고
악마의 목소리가 놀아나던 밤

너에게 달을 쏟아부었지
내가 숨을 곳이 어디 없을까요?
거침없이 뛰어들게요
불거진 심장을 하나 더 달고
가슴에 붉은 등을 켜고 대낮 같은 밤길로
달의 뒷면에 너의 숨은 입술을 훔쳐내
너에게 쏟아부었지

온갖 입에 발린 말들을 달의 표면에 올려 두고서
차오르면 사그라들고 다시 차올라

높이 높이 떴지
거짓으로 움켜잡은 말들이 풀어지면
네 가슴에 달이 생길 거야
유려하고 유창하게 혀를 굴리며
이미 변해 버린 비뚤어진 글자들을 꺼내
너에게 쏟아부었지
뚫린 가슴에 한 개의 달이 다시 차오를 것 같아

비켜선 구름은
오늘도 묵묵히 기다리고 있지
너에게 달을 쏟아부었지
수많은 독설에 찔린 상처 쯤이야
달을 찾아 떠날 거야
달의 표면에 그어진 빛을 노래하던
달콤한 너의 시는
이제 달의 뒷면으로 가져가야 해
오래 만질 거야 오래 품어 볼 거야
달에서 새싹이 돋을 때까지

달을
쏟아부었지
너에게

파페 사탄 파페 사탄 알레페Pape Satàn, Pape Satàn Aleppe**

* 움베르토 에코의 유작 에세이.

** 단테 『신곡』 중에서. 아직 그 뜻이 밝혀지지 않았으나 "세상에
온갖 나쁜 짓"으로 의미를 추정한다.

피라미드

뼈를 깎는 소리로 밤은 오고
새벽은 햇볕을 미리 당깁니다
강은 산 그림자 아래 숨어
안개를 끌어내려 주름을 잡습니다

피라미드 꼭대기
하루의 시급이 무덤으로 흐르고 있습니다
긍휼은 언제나 왼손에서 흘러나오는 것을

햇볕을 따라 걷는 강바람에
절여진 옷을 여미고
강물 위로 얼어 있는
서녘 달빛을 쏘아봅니다

빛의 스펙트럼을 타고 넘어든 시간
흔들리는 컨베이어 벨트로도 이을 수 없는 시간들

꿈꾸는 보금자리를 어깨에 지고

가늘어진 두 다리로
첨벙첨벙 미래를 그렸는데

꿈꾸는 것이 죄라도 된단 말입니까?

고용주들이 발을 뺀 자리에
어린 일용직의 웅얼거리는 메아리가
그을린 굴뚝을 타고 올라
공중에서 서성입니다

피라미드 꼭대기는 높고 날카로워서
먹고 먹힌 웃자란 저녁을 베어냅니다

허물을 벗은 손으로
랜턴을 켜 들고
몇 글자 끄적여
시급을 계산하는 시간

돌아갈 집 앞 골목을 머릿속으로 그리며
내쳐진 하루의 허리끈은
더 이상 조일 수가 없습니다

입 속에 폭발하는 말들을 삼키느라
목구멍이 헐고
혀에서 비어져 나오는 침묵은
타오르는 굴뚝으로 공명이 되어 떨립니다

쉿! 입술에 검지를 올리던 사람들

작업복 속으로 입김을 불어 넣은
쓸쓸한 한밤중
가랑이는 더 헐렁해졌습니다
부푼 심장을 뱉어내고 싶은데
바깥을 향한 목소리는 속으로 흘러들어
수많은 문장의 나이테가
과부하에 걸릴 지경입니다

줄 서는 일에도 우리는 멋진 문장을 외워야 합니까?

저녁을 움켜잡은 북서쪽의 붉은 눈물은
가만히 기도문을 들려줍니다

자수

지퍼가 사르르 열립니다

움츠린 꽃들이 눈을 뜹니다
기지개를 켜고 잎들이 주먹을 펼칩니다
고개를 내미는 꽃봉오리들이 하품을 합니다
입김에 흔들리는 작고 여린 봉오리들
지퍼가 끝까지 열립니다
옹송거리며 숨죽이던 말들이 들려옵니다
푸들푸들 흔들리는 잎들
서로의 어깨를 내줍니다

지난밤 엉키고 꼬였던 팔다리로 짓눌러 버린 말들
밟아 버린 머리통 짓궂은 표현들을 자수합니다
아파서 울었고 터질 것 같은 가슴을 뜯었습니다
헝클어진 시간들은
어느 날 바깥으로 쫓겨났습니다
터져서 사방으로 흩어져 버린 실오라기들

차가운 수술대 위
나는 잠깐 없었습니다

이름을 말해 보세요 생년월일을 말해 보세요 몇 살인가요
당신은 예뻐요 들리나요 대답해 보세요

싸한 한 올의 실로 수를 놓습니다
몸속을 찌르며 수놓던 손놀림에 섞여드는 쇳소리
수틀을 팽팽하게 당겨 목숨 수壽 자를 수놓던
어머니의 야무진 손놀림이
아득하게 들려옵니다

나는 자수합니다
얼마나 많은 슬픔을 몸속으로 욱여넣었는지
얼마나 많은 그리움을 그리다 지웠는지
얼마나 많은 말들을 수틀에 올려놓았는지
고백합니다
내 몸에 수놓인 수선화 꽃잎 자수를

연두

꽃씨를 뿌려요 세차게 움켜쥐었던 지난겨울을 털어요 여름과 겨울 사이 숨죽이던 발걸음들이 분주해요 마스크 속에 가둔 계절은 소리 없이 웃자랐고 우리는 연두까지 걸으며 사방으로 흔들리는 중이에요

꽃씨를 뿌릴까요 마음 안에 화단을 들이고 이랑 위로 다정한 말들을 뿌려요 이리저리 헤매다가 멈춘 발이 폭폭 빠지는 밭둑 돋아난 가시들마저 인정하기로 해요 흙더미 속에 주말이 묻히고 약속이 묻히고 당신이 묻히고 목소리가 묻히고, 울타리에 걸린 침묵을 걷어내고 꽃물결이 계절의 울타리를 문지르고 달려들 수 있도록 이랑을 따라

꽃씨를 뿌릴까요 어서 싹을 틔우라고 입김을 호호 불어요 금이 간 마음이 들썩이고 껍질만 뒹구는 마른 풀밭에 당신의 숨을 가둔 양철 지붕 두드리는 소리 들리네요 자박자박 걸어오는 뽀얀 맨발이 간지러워요

꽃씨를 뿌리겠어요 낮은 음률로 곰실거리는 당신의 연두, 오후의 환한 틈 사이로 흘러드는 연두들 그리고 계속 흐르고 있는 연두 속으로 노을을 뿌릴게요 저 멀리서 너울너울 흘러 들어오는 연두의 물결들, 세차게 밀고 들어오는 이 아침을 가둘 수 없어

꽃씨를 뿌려 드릴게요 당신의 찰랑찰랑한 연두에

수선화는 피었지만 난 쓸쓸해요

그래 봤자 손바닥 안인 걸요. 우리는 손끝에 서 있는
거예요
까맣게 뚫린 바스키아의 헝클어진 몰입처럼
가슴이 혼곤해질 때까지 우지끈 손끝을 모아요
움켜잡아요
퍼덕이던 수탉의 뭉클한 목덜미를
날뛰던 직벽의 바람을
혼곤하던 오후의 주홍 햇볕을
불안의 벼랑으로 골려 주던 불면의 채찍을
꽉 잡았나요
이제 잘 섞이도록 오래오래 주물러요

손끝은 더 이상 전진 없는 갈망, 혹 벼랑 끝
절벽이거든요 절벽에 부딪쳐 보셨나요
열린 동공을 눈꺼풀로 숨긴
싸아한 뒷덜미의 냉기에 멱살을 잡혀 보셨나요
아랫도리가 저릿하도록 전율을 껴입고 펄럭이며 흔
들려 보셨나요

등골에 내리는 오싹한 식은땀이 왜 벼랑 끝을 사모하
는지
발을 동동 굴리는 구름판의 아우라를 애정하는지
걷어차 버리고 싶은 시간의 망루를 이토록 끌고 왔는지
이제 돌아서 걸어 볼게요
내 등을 좀 밀어 줘요

한길로 가다 보면 익숙한 것들과 낯선 것들이
모두 길 위에 스며들도록 사뿐사뿐 걸어야겠어요
이미 뒤뚱거렸던 발걸음들은 신발만 바꾸면 되니까
끈을 졸라매야죠
푸른빛 안개를 서서히 몸속으로 당기며
생각을 굴리고 문장을 탄탄히 조여 울퉁불퉁한 풍경
의 안경을 끼고
자주 손차양을 해야 해요
앗! 손가락이 접히도록 엄지에서 약지까지 힘을 넣도록
단단히 두 무릎을 꿇어도 좋겠어요
치열하게 부딪쳐야 하거든요

손아귀 힘이 세서 우리는 각자 휘파람을 불면서 행군
하며 만날 거예요
  자, 그러니 손가락 끝까지 힘을 넣어 봐요

초록이

문이 열릴 때마다 너는 다가선다
입술에 도착하지 못한 말들이
네 앞에 공손히 멈춘다
칼날로 그었더니 초록이 쏟아진다
푸른 피가 흐른다
가까울수록 열리지 않는 문

문 뒤에 네가 있다
닿지 못할 생각과 낯선 표정들이
단단하게 높아지고
아득한 거리에서 걷다 만난 자정

너는 눈이 부시다
초록은
설명과 부연과 변명이 필요 없는
너의 숨이다
너는 말없이 우뚝 서서
냉정한 신사의 뒷모습을 하고 있다

뒷모습은 누구나 벽이다

너의 눈빛을 마주할 수 없으니까
내 마음을 보여 줄 수 없으니까
단단하다 너는

봄 여름 가을 겨울이 지나는 동안
가까워질수록 다정해질수록 터놓을수록
육중하게 다가서는 문 앞에 서서

문을 열면 네가 있다

벽 앞에 벽 뒤에도 벽 안에도 네가 있다
벽은 슬픔이다

조여 오는 나사처럼 한 바퀴 돌아가고
너는 오늘도 오래된 마음을 돌리고 있다

부담이라는 말
마음의 빚이라는 말
부탁이라는 말은 서로 달라서
수없이 서로를 조이고 또 조여서
가을은 온다

아무것도 남기고 싶지 않는 우리
햇살에 초록이 떠밀려 간다

내 마음이 열릴 때마다 너는 내 앞에 있다

숨소리 닿는 저 깊숙한 곳

우리는 서로 코를 맞대요 고양이 젖은 코에 내 코를 살살 문질러요 숨을 딱 정지했다가 크게 내뱉어 고양이 콧속으로 날숨을 잔뜩 불어 넣죠 고양이 콧속에 내 날숨과 녀석의 숨소리를 모아 횡격막을 힘껏 끌어 올리고 들이마시죠 녀석은 꼬리로 살랑살랑 나를 받아들여요 이제 발름발름 서로의 냄새를 주고받아요

숨소리가 작게 들려와요 내 날숨과 들숨에 맞춰 꼬리를 뱅글뱅글 돌렸다가 얇은 숨소리조차 멀어지면 스르르 멈추어요 우리는 서로 깜박이는 눈빛을 들여다보며 먼 시간 속으로 여행을 떠나요 꼬리가 딱 멈췄어요 귀를 양옆으로 살짝 기울인 채, 나는 잠시 숙연해지고요 내 숨소리가 다시 피어오르면 그때 내 속의 말들을 전해주어요 사람들이 수없이 남발하는 상투적인 말을 다 지우고 다가가면요 반짝 굴리는 눈 가장자리가 빛나요

쭈뼛쭈뼛 세우는 수염과 말았다 펴는 동그란 꼬리의 말을 모아서 온몸으로 소리를 만드는 거예요 이제 이마

를 서로 맞댈 차례예요 우린 서로 안마하듯 이마를 꾹
꾹 누르고 낮게 소리를 내요 숨소리가 닿는 저 깊숙한
곳까지

우우우우 우우우우
깊었다가 낮았다가 길었다가 짧았다가
경쾌했다가 낮게 깔렸다가 울부짖다가 슬펐다가

소리가 내 가슴과 고양이 갈비뼈를 울릴 때쯤이면 우
리는 편안해져요 이마를 맞대고 귀를 쫑긋 세우고 내
이야기를 들어 주는 녀석 우리는 서로에게 집중해서 몸
도 흔들리지 않고요 서로의 소리를 듣기 위해 깊이 세워
진 날 선 비늘들을 하나하나 털어내요

작은 숨소리까지 사라지면 녀석은 콧등까지 혀를 살
짝 내밀어 인사해요 고양이 뒤통수에 내 볼을 대고 두
팔로 감싸 안으면 두 눈을 초승달처럼 뜨고 횡격막과 후
두 근육을 울리면서 고릉고릉 고로롱 코로코로 코로롱

나는 일요일마다 굿모닝랜드로 간다

나는 일요일마다 사우나에 간다

인형처럼 세련된 미소를 지그시 누르고
목욕 바구니를 챙겨 든다

벌거벗은 몸 위로 소름들이 흘러내린다
김이 오르는 탕 난간에 팔을 괴고
먹머구리처럼 엎어져 눈을 감는다

스르르 밀려드는 잠 속으로 붉은 허밍이 흘러든다

아주까리 동백 잎이 날리고
흐르는 이 밤도 서러운
목포의 설움이 물 위로 깔린다

가만가만 내 등을 쓰다듬는 굽이치는 가락
묵직하게 굵어지는 콧소리에
나는 자꾸만 왜소해지고

내 사교적인 미소가 허물어지고
부드러운 손아귀의 악수들이 무너지고
깊숙이 숨겨 둔 슬픔이 하염없이 물속에 풀어지고 있다

포세이돈, 바다의 신이 왜 목욕탕에 앉아 있을까?

풍만한 육체를 자랑하듯
육중한 양팔을 탕 난간에 걸치고 앉아
흥얼거리는 저 허밍 속에 몸을 묻고
함께 흐른다

물 퍼붓는 소리와 바가지 떨구는 소리가
천장까지 텅텅 울려 퍼지고
매끄러지게 꺾어지는 끝없는 가락은
또랑또랑하게 새로운 글자를 쏟아 놓고 있다

무겁게 끌고 다니던 들뢰즈와 라캉을 짓뭉개고
백석과 김수영과 김종삼과 기형도를 묵묵히 지나

나른한 두브로브니크의 애절한 시를 낭송하던
파한 술자리를 지나

취한 목소리가 살아 나오고
한때 평화로웠던 골목길의 거나한 추억이
물길 따라 나온다

나는 물속에서 몸을 보채며
어느 골목을 헤매다가 휘청이며 돌아눕는데
지난날의 실수가 회한으로 떠도는
내 꼬락서니가 탕 속에서 휘청이고 있을 뿐

굿모닝 굿모닝, 아침 인사가 탕 속으로 빠진다

지친 몸 달래러 간 굿모닝 사우나에서
나의 일요일은 가라앉고 있다

3부
목요일의 아일랜드로 가요

바빌론

비 오는 날은 광장으로 나가요 구겨진 마음 한 장 내
어 놓아요 바람까지 몰아닥치고 온기를 잃은 사람들의
발걸음은 빗물처럼 숨 가쁘게 번져요 전단지는 비에 젖
고 전단지 속 얼굴은 밟히고 있어요 입과 눈이 찢어지고
귀가 어그러졌어요 내 얼굴에 스멀스멀 찾아드는 구두
발자국 나무들도 마치 감정이 있는 것처럼 연두에서 초
록으로 옷을 바꿔 입어요 나물을 파는 할머니를 받쳐
주는 초록 우산보다 진한 할머니 손등이 슬픈 저녁이에
요 내일은 벌써 역 광장 처마에서 기다리고 있어요 빗
물은 뜨거워요 훅 끼쳐 오는 입김들은 애절해요 비가 내
리는데도 가슴에 타오르는 열정은 식지 않아요 우울은
탄력을 가졌거든요 광장 끝까지 당겨지는 기분은 빗물
에 젖어 더 멀리 더 높이 튕겨지거든요 나는 더 이상 털
릴 게 없는데도 사람들은 훔쳐 온 말들이 넘쳐나는 내
가슴을 자꾸 흘끔거려요 내보이고 싶어도 더 보일 게 없
는데 말이에요 꺼져 가는 슬픔이 등을 밀어요 성큼 잎
을 피우라구요 오늘도 발설하지 못한 고백은 뼈를 녹이
고 말을 녹여요 고백을 삼켜 버린 사람들의 발걸음에는

속이 빈 깡통 소리만 요란해요 마스크에 가려진 꽃대는
꽃을 망설이고 있어요 움츠리며 얼굴을 내밀지 못하는
붉거진 꽃망울들 광장에 내려앉은 저녁을 향해 주먹을
흔들어요 붉은 바빌론이 흘러내리고 있어요

아르노 강가에서

그림 같은 베키오 다리 위에서 애인은
물비늘을 바라보며 나를 강물 위로 던졌어요
붐비는 사람들 웃음소리가 물컹거리며 내 몸을 감았고
박물관 그림자에 누운 푸른 등의 물고기들이
나에게로 몰려들었어요

애인은 낚싯줄을 놓았다 당겼다 하면서
떠 있는 내 머리꼭지에서 눈을 떼지 못했어요
나는 강물에 발을 담근 버드나무 잎을 당겨
휘파람을 불며 떠다녔지요

아가미를 부풀리고 지느러미를 힘껏 흔들면서
물속을 헤엄치자 애인은 다리 난간에 몸을 위태롭게
기대고
안간힘을 다해 낚싯대를 들어 올리려 했어요
내가 미끄덩거리는 강바닥을 더듬어 잠시 발을 딛자
애인은 휘어진 낚싯대를 따라 뛰어들 기세였어요

그때 뚝! 하고 낚싯대가 끊어졌어요.

궁전 꼭대기에서 미술관 지붕을 지나고
광장까지 내리꽂히는 비둘기의 날개를 보았어요

날카로운 미늘이 내 입술을 뜯었고
넵튠 분수 다비드의 완만한 엉덩이 곡선 위로
검붉은 피가 뚝뚝 흘러내렸어요

나는 피가 풀어지는 물길을 따라다니며
아파서 울었고 무서워서 크게 소리를 질렀어요
물 밖으로 떠오르지 못한 나의 울음소리
베아트리체의 외로운 웅얼거림이 겹쳐지고 있었어요

애인의 울음소리가 간간이 들려왔고
나는 물살에 몸을 흔들며 아픈 시간을 애써 견뎌야
했어요

언덕의 고독한 지붕들은
석양의 빛을 받아 붉게 빛났고
창에 비친 오후 햇살은 강물 위로 보석처럼 쏟아져
내렸어요

애인의 울음소리는 왜 강물 위에 닿지 않는 걸까요?

멀리 산타 크로체 종탑에서 울려 퍼지는 은은한 종
소리에
나는 힘이 빠지고 호흡하는 것이 힘겨워서
스르르 숨을 놓아 버렸어요

가볍게 떠올랐어요
애인의 울음소리는 크게 들려왔고
물풀 수런대는 소리와 애인의 발소리가 분주했어요

강물 위로 애인의 울부짖는 소리가
붉은 피렌체 저녁노을에 데워지고 있을 뿐

목요일의 아일랜드

아일랜드 해안 푸른 바다에는 무거운 삶이 출렁거려요

붉은바다거북은 등에 따개비가 지은 집을 지고
힘겹게 살아가는데요
누구도 등에 달라붙은 그 집을 떼어 주지 않아요
파도에 이리저리 밀려 무거워진 몸을 움직여 보는데요

눈 밑까지 쳐들어온 따개비들
적당한 장소에 붙어 평생 기생하는 불청객
끈덕지게 달라붙어 좀처럼 떨어지지 않아요

세상에 얌체들에게 자리 내어 주고도
느린 걸음 더 느려져도 무겁고 둔한 지느러미로
끔벅끔벅 제 길을 내고 있어요

누군가의 칼날에 뜯겨 나온 따개비들이
뱃전에 나동그라지고
몸을 터는 거북이

목을 길게 빼고 가벼워진 몸을 날렵하게 흔들어요

목요일의 아일랜드는 푸르고 깊은 눈동자로 유혹해요

수평선으로 쫓아내는 밀물의 속도로
날쌔게 잠수하는 붉은바다거북

제 몸에 착 달라붙은 소리 없는 침략자를
몰아내 주던 손길을 기억하며
푸른 물결에 눈물을 섞어 함께 출렁출렁
파도가 핥아 주는 매끈한 등을 씻고
거꾸로 서 보고 배도 뒤집어 보이네요

볼 수도 만질 수도 없는 등
우리 몸에 달라붙은 질긴 따개비들

타인의 생을 버젓이 내 것으로 채우는 백색 용기를
어떻게 벗을 수 있는지

따개비를 떼어낸 사람들은 목요일의 아일랜드로 가요

출렁이는 경계 안쪽을 눈앞에 두고도
가볍게 뛰어내리지 못하는

등을 보일 수 없는 사람들

붉은바다거북의 투명한 눈망울 같은 햇살이
가벼워진 내 등을 가만가만 만져 주어요

모란은 피고 있는데

눈으로 말해요 우리에게 입이 없으니까

눈을 크게 뜨고 서로의 눈동자를 지나
살구나무 아래로 가요
당신의 텅 빈 가슴이 보이네요
그곳에 나의 벤치를 놓을 수 있을까요
당신의 가슴을 헐어서 벤치를 들여놓고
뒤편으로 지는 노을을 앉히고
당신의 구멍 난 가슴을 만질게요
가끔 틈 사이로 비쳐드는 석양을
해진 마음과 같이 기워 줄게요

새들은 어둠 끝으로 돌아가고 모란은 피고 있는데
가만히 앉아 있는 나의 저녁은 입이 없어요
벌써 살구나무 그늘이 그리워져요
눈과 눈 사이에서 떨어지는 저녁별은
무릎 위로 내려놓고
우리 눈으로 말해요

모란은 쌀쌀한 바람에 입을 다물어요
침묵은 바이러스로 묶인 꽃다발인지도 몰라요
오래 지속될수록 비옥해지니까요

당신은 자꾸 약해지고
슬그머니 자리를 차지한 나의 모란은
언제 눈을 맞출지 벤치 위에 걸린 달이 사위어 가
네요
몸에 수놓인 꽃송이에 우리는 수없이 무너지고
손을 높이 들고 신의 이름을 부르죠
꽃 한 송이는 폭풍처럼 힘이 세요

우리 이제 눈으로 말해요
눈으로 맞잡은 굳센 함성들이 흔들리고 있어요
푸른 밭둑길을 나란히 걸으며
하늘을 찌르는 연두의 질서를 따라
살구나무 그늘을 우리 같이 그리워해요
어깨를 건 꽃잎처럼 하얀 뼈들이 흘러내려요

당신의 엎드린 울음이 지고 있어요

추격

물북을 두드리는 물소 떼

평원에 달려든 음표들이 강으로 뛰어들고 있다
지평선은 멀리에서 입술을 꼭 닫고

이글거리는 건반 위로 포복하는 사자 무리들
물소 떼의 발걸음에 숨을 고른다

다리를 다친 새끼 물소는
악보를 이탈하고
속수무책
사자의 이빨에 걸려든다

긴 울음을 악보 밖으로 쏟아붓는 어미 소

성난 눈빛으로 햇빛을 들이받는다
제 새끼를 악보 속으로 밀어 넣으려는
핏발 선 추격*

건반 위로 질주하는 발자국
음표들이 뛴 다 뛴 다

새끼 물소 눈망울에는
탄자니아 붉은 노을이
그득히 차오르고

건반
하나
푹
쓰러진다

* 쇼팽의 피아노, Etude Op.10 No.4 〈추격〉.

사이프러스가 있는 길

만년설을 품은 능선과 달의 경계에 마을이 있다
달무리를 인 산꼭대기는 아직 밤이다

지난밤 몇 그루 과실수가 발을 빼어
마당 바깥으로 나가는 것을 보았다

낮은 새벽을 넘어오는 빵 굽는 냄새
새소리가 느리게 흐르는 새벽 공기에 섞이고

빛을 받자 사이프러스가 총총하다

멀리 있는 신들과 죽은 자들이 접선한다는
하늘을 찌르고 올라선 숨은 꼭대기
공중 어디쯤 새소리와 부딪치는 곳

나무는 몸 밖으로 솟은 말들을 쏘아 올리는지
더 높아진 달을 꾹꾹 찌르는지
어설픈 바벨은 큰 나무 같아서

흔들리면서도 하늘로 뻗어 오르기에 바쁘다

당신과 나의 달은 그림자로 쏟아지고
사이프러스의 날카로운 숨소리가
피 끓는 몸을 관통하는 시간

검은 바벨의 흔적이 고요히 흘러내리는
여기 프로렌스의 작은 마을

들리니?
내 몸이 짙푸르게 커져 가는 소리
만년설이 창가로 미끄러져 온다

똑똑, 들리니?
나를 노크하는 소리

당신의 리듬을 매만져 봅니다

누운 고양이 배 밑으로 손을 집어넣습니다 심장 뛰는 소리가 갈비뼈를 타고 손으로 전해져 옵니다 먼 미로 속 당신에게 가는 길을 찾습니다 거기에도 햇살을 딛고 서 있는 중력의 무게가 뜨거운지요 잠든 당신의 시간 속에 머무르는 강처럼 흐르는 꿈을 따라가면 바람에 옷 벗은 수선화를 볼 수 있을까요 빛나는 향기를 들을 수 있을 까요 당신이 누리는 문장의 두께를 만질 수 있을까요

손이 따뜻해져 옵니다 갈비뼈 사이로 뿜는 따뜻함이 붉게 가슴에 얹힙니다 바람에 털이 흔들리네요 털과 털 사이로 당신의 속삭임이 들려오네요 서로의 아픔을 디 디고 선 우리는 콧등으로 슬픔을 어루만지며 숨결을 타 고 흐르는 당신과 나의 낮은 터널을 뚫습니다

어제와 오늘 사이의 리듬을 오래 매만져 봅니다 가을 이 나긋이 손짓합니다 맛있는 손끝마다 바람이 입니다 저 끝에서 손짓하는 당신의 음을 빌려 흥얼거려 봅니다 당신이라는 이름으로 떨리는 심장을 심어 준 사연들은

다시 피어나겠지요 꼬리가 흔들리네요 마음에 흐르던 언어들이 리듬을 타고 흔들립니다 흔들리면서 주고받는 말들이 사람들 사이로 울려 퍼질 거예요 바람이 끌어모은 저 회색빛 아침이 희부옇히 서려 있는 강 근처에서 당신의 리듬을 오래오래 매만져 봅니다

왈츠 2번

#1

깨진 유리 조각들이 내 몸속에서 자그락거려요 돌멩이가 배 속에 가득해요 걸을 때마다 배는 처지고 무거워요 꼭꼭 씹지 않은 말들이 입 속에서 꾸물거려요 숨이 차올라요 유리 조각 부딪치는 소리가 발바닥을 간지럽혀요 긴 수술을 끝내고 돌아오던 날 그는 어둠 속에서 우두커니 기다려 주었어요 설레고 두려워서 망설이자 먼저 문을 열고 들어와 촛불을 밝혀 주었어요

#2

그의 턱시도는 촛불이 일렁일 때마다 빛이 났어요 사방에서 기어 나온 날카로운 글자들이 드레스 자락으로 달라붙었어요 드레스는 꿈처럼 부풀었어요 가슴 중앙에서 배꼽까지 선명하게 그려진 조팝나무 가지가 조금씩 떨렸어요 작은 꽃잎들의 소란이 몸을 타고 기어 올라왔어요 그는 하얀 조팝꽃들에게 정중하게 인사를 했어요

#3

　*그*는 *내게로 왔죠, Waltz No.2* 작고 여린 흰 꽃잎들을 그는 오래오래 바라보았어요 처져 있는 배를 살짝 건드리고는 우리는 가까워졌다가 멀어졌다가 발을 바꿔 가며 빙글빙글 돌았어요 흘러내리는 꽃잎 사이를 오가며 하얀 꽃잎을 밟으면서 내딛는 걸음에는 힘이 차올랐어요 그는 내일도 모레도 글피에도 뒤꿈치를 한껏 들어 올리고 찾아올 거예요

　촛불을 켜지 않아도 유리 조각들은 자그락거리고 어둠이 자륵자륵 내려도 춤은 출 수 있으니까

렌토

망치를 잡는다
새벽이 오기 전에 방을 허물어야 한다
느리고 무겁게

놀란 벽과 방바닥과 모서리들
방이 입술을 지그시 깨무는 결단을 읽는다
삐뚜름하게 걸린
만신창이 된 형광등이
심장을 움켜쥐었다가 사라진다

허물어지는 존재에 대해서
너에 대해서

가면 뒤 살덩이들이 가득한 이 공간
망치를 휘두른다
느리고 무겁게

살에 가닿는 은유의 칼질에

뒹구는 무구한 살점들
난무하는 말들

나는 철봉을 잡고 구름다리에 매달려
긴 밤을 건넌다

달콤한 감상도 부숴야 해
가슴을 밀고 드는 울림의 공간을
찾아드는 음악 소리도 재워야 해

공허한 천장에 망치를 들이댄다
느리고 무겁게

혀로 쌓은 탑이 무너져 내리는 소리
푸른 피를 가진 심장과 부서지는 손가락들

챙! 챙! 챙!
파편들이 바닥으로 튄다

떠도는 생각이나 사상은 나팔을 잘 부나 공허할 뿐*

다시 일어설 수 있는 건
너의 의지밖에 없어
바닥이 있어야 널 에워싸고 있는 아우라도 살아날
수 있으니까

튼튼한 척 견고한 척
멀쩡하게 세워진 너의 거푸집
흔들리면서도 걷고 또 걷고 달리고 또 달리지

와르르
무너진 무정한 저 봄은
새로운 사유와 상징과 은유와 상상력을 넘고

탄탄한 새 방을 하나 놓아 드릴까요? 느리고 무겁게

발에 밟히는 떠도는 꿈의 조각들은
또 다른 벽을 꿈꾸고

새벽은 저만치서 저벅저벅 달려오고
비밀이 자꾸 만들어지는 어둠 속으로
누군가는 사정없이 빨려 들어가고 있다

조난당한 너의 아침 위로
망치 소리는
느리고 무겁게 느리고 무겁게

배가 어디로 가는지 아는 자만이 어떤 바람이 순풍
인지 알 수 있는 거지*

*니체.

어느 날 수캐가 돌아왔다

'어느 날 수캐가 돌아왔다'로 손나팔을 만들어 외쳐
봐요 거친 수풀 속을 쏘다니다가 털 속으로 숱한 염문을
감춘 채 긴 혀를 늘어뜨리고 졸고 있는 늙은 다리 하나

집을 뛰쳐나가 두고 온 암컷과 새끼들 기억을 몽땅 사
타구니 사이로 지운 채 네 개의 다리와 꼬리 밑으로 감
춘 흑성, 군침을 흘리며 고급 세단이 구르는 강둑으로
유인한 날씬한 허리를 주무르며 입을 다신다

혀끝으로 수많은 글씨를 쓴다 그녀의 다리가 조금씩
열린다 그녀는 수캐와 호텔에 들어갔을지도 몰라

홀릭 홀릭 홀인원 푸른 하늘을 가르는 옥상, 밧세바
의 황홀한 정원이 지배하는 오후는 늘어지고 음부를 닮
은 산맥을 넘고 지루한 강을 건넌다

자기 장어가 맛있게 익고 있어요 냄새나지 않도록 옷
을 고쳐 입고

나긋하게 아이의 손을 잡고 상처를 덧바를 준비를 해요

야성이 아랫도리에 멈춰 흘러내리네요

어머 저걸 어째 아이가 보잖아요 얼른 옷을 고쳐 입
어요 지나는 사람들도 흘깃거려요 저걸 어째 지나가는
똥개가 코를 벌름거려요 어서 강물에라도 뛰어들어요
당신의 말세가 부글부글 끓고 있는 하수구지만요

가령, 사람들이 먹다 버린 오물을 뒤지는 바람피운 당
신에게는 개의 예의만 차리기로 해요 손나팔을 만들어
다시 외쳐요

'똥개가 돌아왔다!'

허파가 뜨는 시간

밤새 달궈진 뾰족한 심장이 수면을 찢어요
웅크린 슬픔 하나 물을 적시고 무거운 물 가운을 걸
쳐 입어요
몸이 가라앉아요 굿모닝 호크니*

입안을 헹구지 못한 날들
젖은 솜뭉치가 온몸에 달려들어요
우리는 먼지 찌꺼기로 남은 초록의 길을 걸어요
빗방울이 내리칠 때마다 몸속에 구멍이 나요
구멍 속으로 얼굴을 구겨 넣어야지
수면을 찢고 가라앉는 심장의 무게만큼
자맥질도 없이 물속으로 순하게 가라앉는 아침
나를 띄워요 굿모닝 호크니

지난밤 밑줄 친 사건들을 돌돌 말아
부푼 몸을 물속에 묻어요
금세 물갈퀴가 몸을 겨누고
푹푹 밟아 줘요 물의 호흡으로

성난 물의 발바닥을 본 적 있나요? 굿모닝 호크니

차례대로 잠식하는 몸
입안에 버석거리는 말들이 물속에 섞여들어요
물컹거리는 이야기가 군데군데 길을 만들어요
천장에 맺힌 물방울을 물안개로 튀긴
행복했던 바벨탑이 와르르 머리를 내리쳐요
긴 밤을 오로지 홀로 지새우셨습니까? 굿모닝 호
크니

뜨거운 물에 몸을 맡기는 일이
열과 열의 서열을 동등하게 끌어 주는 것이죠
창으로 피어오른 아우성은 물을 튕기는 울림으로
가득 번져요
문질러요 살이 이물도록
밀어요 씻고 또 씻어요
흘러내리지 않는 것 물 위로 떠요
엎어진 튜브에 엉겨 붙은 허파가 굿모닝 호크니

* 데이비드 호크니(David Hockney).

4부

나는 불안을 얼마나 사랑하는지

어부의 아내

나는 어쩌다 어부의 아내가 못 되었는지

이른 새벽 통통배로 바다에 나가
미열 같은 안개를 헤치고
바다 한가운데로 가서

막걸리 몇 잔으로 붉어진
얼굴 같은 해가
중천에 떠오를 때

푸른 이불을 펼쳐 놓은 파도 위에
벗은 몸으로 태양을 끌어들이고
짠 입맞춤으로 출렁이는
당신과 나
돛이 날리는 쪽으로
엎치락뒤치락

당신의 거친 숨소리에 붙들려

타는 갈증을 흥건히 적시는 한낮
멀리서 통통배 뜨는 소리가
박수처럼 들려오고

낚아 올린 바다 것들 회 쳐서
입가에 벌겋게 묻은 초장을
손으로 스윽 닦아 먹으며
벗은 당신의 근육이 입술보다 더 실룩이는 시간

아, 나는 어부의 아내

저녁 찬으로 꿈틀대는 생물들
한 바구니만 챙겨 두고
나머지 것들
바다에 힘껏 던져 주고야 마는

섬 자락의 짙은 초록을
치마폭에 가득 숨기고

귓불까지 붉어진 미소를 지그시 씹으며
아무도 없는 섬에 갇히고 싶어라

훅 끼치는 갯냄새를
배꼽 아래에 불룩하게 감추고
치마만 들치면 잘 써 내려간
간지 나는 문장들이
후두둑 떨어지는

그런 어부의 아내가 나는 왜 못 되었는지

나는 밤마다 웃통만 벗으면
야성이 폭발하는 구릿빛 근육과
갈매기 날개에 그득하게 감춰 둔
연애편지보다 진한 시를 꿰찬

어부의 아내를 꿈꾸는데
그런 애인을 꿈꾸는데

모과나무 주소

오늘도 한잔하셨군요

동네 사람들 죄다 깨우고

복도가 노래방이라도 되는 줄 아세요

제발 술 드시거든 아래층 아저씨처럼 조용히 들어
오세요

술 냄새 담배 냄새에 절어 버린 입 비벼대지 말고

저 높으신 회장님께 호리낭창 허리 꺾어 조아리고

접대하느라 골프채 휘둘러서 기운이 다 빠졌을 텐데

내 빈 젖꼭지만 주무르다가 어찌해 보지도 못하고

스르르 풀려나 반항이라도 하듯 코를 골면

나는 어디로 가야 하나요

무거운 회사 일 다 짊어지고

하루에도 수없이 높은 산봉우리를 오르락내리락한
다던

그 힘은 왜 자꾸만 허기로 이어지나요

술이라도 먹지 않으면 세상한테 지는 건가요

매일 아침 소파에 쭈그려 자는 나를 깨워

오늘 저녁은 홍콩 비행기 타자고

나는요 홍콩 비행기 따위는 필요도 없고요
제발 조용히 들어오세요
모과나무 아래
내비게이션에 주소가 나와 있기라도 하나요
그래요 우리는 모과나무에 둥지를 틀고 살았지요
그때는 새들이 날아와 주었고
잎벌레들이 찾아와 간지럼을 태웠지요
당신이 바람에 흔들릴 때마다
휘파람도 따라 불곤 했지요
높은 곳에서 바라보는 사계절은
어디나 우리들의 푸른 정원이었죠
나뭇가지처럼 뻗어나는 아이들과
당신 어깨 어디쯤 얌전히 앉아 계시는 어머님과
버겁게 늘어나는 대출 통장에
흔들리고 싶어도 흔들리지 못하는 당신
빈 허공에 떠 있는 모과나무 주소
언제 추락할지 모르는 아슬아슬한
당신의 그리운 주소

방아쇠 손가락

밤새 손안에 꽃봉오리 하나 피어났어요
벙글어진 봉오리가 슬며시 꿈틀대요
꽃봉오리 속에는 쉼 없이 소란에 떨었던
꽃잎들만 가득한 걸요

종일 시장 길모퉁이에서 나물을 팔았던 엄마
늦은 저녁상을 물리고 돈을 세어야 하는데
작약꽃 한 움큼 쥐고 있는 모습으로
손가락은 멈추어 버렸어요
꾸깃꾸깃한 천 원짜리 지폐들은
우리 집 살림마냥 펴지지 못했어요

손을 쓰는 일을 많이 하셨나요?
컴퓨터 자판을 오래 사용하셨나요?

내 손안에 꽃봉오리가 자라요
꽃잎이 빼곡해요
꽃잎들은 손가락 사이를 비집고 나와요

손가락이 접히지 않아요
팔이 꽃대를 이루어요
딸깍!
방아쇠를 당기면요
꽃잎들이
엄마 푸른 전대 속
구겨진 지폐처럼 쏟아져 내려요

꽃무늬 몸뻬에서
우수수 떨어지는 꽃잎처럼요

트럭

나무는 밤새 말아 쥔 말들을 조용히 떨어뜨린다

강경 젓갈 장이 들어선 아파트 앞마당에
햇볕이 새우처럼 구부러져 있다
하얗게 바다를 몰고 온 짠 내가
햇볕 아래 엎질러지고

수런대는 말을 손바닥에 적어 내려간
입이 마른 버즘나무 잎들은
그렁그렁한 바람을 두 손으로 꽉 붙들고

여러 색을 가진 마른 낙엽들과
실랑이를 벌이던 목소리는 시들해지고
낮게 뒹굴다 다다른
바다를 몰고 온 사내의
트럭 짐칸

종이 상자를 펼쳐 만든 물침대

젓국에 젖은 앞치마를 둘둘 말아 베고
두 손 공손히 무릎에 찔러 넣고
파도를 타는 사내

이쪽으로 몇 번
저쪽으로 몇 번
나무를 비켜선 보자기만 한 햇볕이
오늘도 쉼 없이
이리저리 떠밀리고 있는
사내의 구부러진 등을
덮어 주고 있다

쇠 구두

발을 싣고 항해하던 낡은 배 두 척 끌고 간다

낮은 사각 부스 안 출렁거리는 바다에
낡은 배 두 척 내려놓는다

지구 반 바퀴는 돌았겠구먼

파도에 버티다가 닳아 버린 밑창
흔들리던 발걸음이 어느새 삐딱해지고 있었다
출근길 전철 속에서도
손톱만 한 풋감이 발치에 굴러온 날도
손을 뻗은 몸은 기우뚱
결재 서류를 내민 상사 앞에서도
나는 삐딱하게 기울어 있었다

사방 지친 나룻배들이 항해를 꿈꾸며 걸려 있고
우리는 은밀한 눈짓을 보내며
낮은 포복으로 머리를 맞대고

거친 바다를 항해할
쇠로 만들 부력을 모의한다

거꾸로 세우는 기술을 가진 수선공은
낡은 배를 뒤집어 놓고
숨소리까지 모아 탁탁 쇠를 박아 넣는다

나는 푸른 바다를 불러들이고
수선공의 망치 소리로 닻을 올린다

알루미늄 벽에 통통배 소리가 울려 퍼지고
구두약이 듬성듬성 놓인 바위 그늘에 앉아
삼선 슬리퍼로 수평을 매만지는데

나를 태울 번듯한 배 두 척 떴다

뚜벅뚜벅 항해할
쇠 구두가

벚꽃 이불

환하게 등을 밝힌 벚나무 아래
백발의 부부가 사이좋게 돌을 고릅니다

삐뚜름하게 경사진 밭에 먹줄을 놓습니다
할아버지 발걸음이 자주 휘청거려
싹이 올라온 여린 상추밭으로 기울어지네요
여린 모종을 심는 손이 떨리고
반듯하게 심으라고 소리치는 할머니 목소리에
벚꽃이 둥그런 확성기처럼 터집니다

풋것들을 심은 밭이랑은 자꾸 벚나무 쪽으로 접히
려고 하네요

말라 버린 흙을 헐어서 발라내
푹신하게 밟고 선 한 장의 밭이랑에서
초록 글자들을 꺼냅니다

벚나무 두 그루

발걸음 따라 꽃잎 날리고
잔잔한 초록들이 반듯한 글자로 곰실거립니다
하늘로 뻗은 벚나무도
백발의 두 노인도
단단히 줄을 세웠네요

똑바로 설수록 휘어지던
세차던 비와 바람을 골라 일구던 밭
손과 발과 흙이 부드럽게 하나가 되는
경사진 채소밭 위로
막 떨어지는 벚꽃 잎들
이랑과 고랑 사이로
연분홍 이불을 덮어 줍니다

덕수궁 돌담길이 문장이었으면

깃을 세운 셔츠가 몸의 자세를 부른다

선글라스에 감춰진 사연들이 유월과 칠월 사이를
걷는다
시간을 뒷걸음질한 미술관 지붕
푸른 나무는 아래로 자란다
그림 속을 유영하는 사람들과 미술관을 걷는 사람
사이
나를 잡아당겨 봉긋한 다리 하나 만든다
서로의 간격을 눈빛으로 고누며
훌쩍 뛰어넘은 속도

캡슐은 서서히 열리고
서툰 걸음으로 건너온 날들
그림 위에 떨며 오래 머문다
시간은 그늘을 갉아먹고
석조전 바닥을 훑는다
우리는 어디서든 손을 뻗어 지문을 붙잡고

손바닥을 파헤치며 내부를 탐한다

휘어진 소나무 사이로 입김이 전해진다
발끝에 차이는 기억을 주우며
타오르던 꿈은 오늘도 유효하다
디아스포라의 갈피에 흔들리던 울음들 하나둘 일어
서고
담을 넘은 광대싸리나무 그림자가 머리를 두르고
언제 흘러내릴지 모를 뒹구는 낱말들을 끌어안고
출렁 걷고 또 걷는다

걸어.서.걸어.서.닿.을.수.만.있.다.면.너.라.는.문.장.에.

장미색 비강진*

손끝이 닿은 자국마다 꽃대가 꼼지락거려요 몸 구석구석 벌레가 기어 다녀요 초록 줄기가 구불구불 올라와요 몸을 달군 허열을 깊숙이 끌고 들어가 뿌리를 내렸어요 뼈 사이를 비집고 근육 속을 뚫고 들어가는 줄기, 가시가 돋고 있나 봐요 찔리면서 피를 흘려요 꽁꽁 얼어 있는 명치, 가슴에서부터 작은 꽃송이 하나 뻗어요 팔 다리 배 허벅지 종아리에 생채기를 앓으며 자꾸 돋아나는 잎들, 쇠약한 신경줄에 매달린 꽃들

물소리가 들려와요 근육들이 출렁거려요 흐르는 살갗이 감기를 앓아요 제 피부는 코도 목도 가졌어요 열이 담장을 넘어 몰려오네요 있는 힘을 다해 발끝까지 신경줄을 세워 보지만 힘이 닿기도 전에 밭은기침을 토해내고 눈을 크게 떠도 몸은 자꾸 흔들려요 입술보다 붉고 피보다 진한 향이 나네요 가끔 마디마다 비틀린 가지가 꺾이고 있나 봐요 곪힌 꽃들은 제 모양을 찾아 피네요

덩굴장미가 담장을 기어올라 흘러넘쳐요 들뜬 열을
한곳으로 모아 온몸으로 뿜었더니 꽃송이들 댕글댕글
얼굴을 치켜들었어요 이마를 힘껏 짓눌러 동여매고 쌓
아 올린 벽, 꽃송이가 넘쳐 가지가 휘어지네요 뒤꿈치
를 들고 앞발로만 걷다가 지쳐 기다가 넘어져요 담장
이 저쪽인데, 이제 담장에 오르기만 하면 되는데 덩굴
장미가 있는 풍경으로 일어서요

*자율신경계의 이상으로 찾아오는 피부 감기.

나는 저팔계다

우리 집 1호는 친절하다 화를 내다가도 나를 보면 주
일날 교회에서 하던 대로 다정한 목소리로 내 이름을
부른다 저녁 시간 드라마가 끝나면 거실에서 안방으로
돌아와 이어폰을 꽂고 **책 속으로 들어간다** 나도 따라
들어간다 연필로 밑줄을 그어 가며 심각하게 말을 받아
적기도 하고 책 속을 돌아다니다가 가끔 베개가 다 젖도
록 울 때도 있다 그럴 때 나는 1호 옆에 바싹 붙어 골골
송을 불러 준다

2

우리 집 2호는 털 알레르기가 심하다 공기청정기가 꺼
져 있으면 불같이 화를 낸다 매일 스마트폰을 손에 끼고
영어로 된 방송만 본다 텔레비전 화면에 눈 맞추면서 집
안을 돌아다닌다 알레르기가 심할 때는 스키용 고글을 끼
고 텔레비전을 보고 밥을 먹고 화장실도 간다 1호가 옆에
있을 때만 나를 귀여워하는 척한다 2호와 함께 있을 때는
나는 내 이름이 시키로 바뀌었나 헷갈릴 때가 있다 어쩌

다가 내가 우다다를 하면 고글을 눌러쓰고 집이 쩌렁쩌렁 울리도록 소리친다 심지어 내다 버린다고 협박까지 한다 **그러나 나는 아직 살아 있다** 오늘 밤도 신경질적인 말투로 1호에게 쏘아붙인다 *불 끄라니까, 내일 조찬 회의 있어* 회삿돈 자기가 다 벌어 준다고 뻥을 친다 누웠다 하면 코를 곤다 나는 시끄러워도 참고 1호 옆에 바짝 붙어서 잔다

#3

우리 집 3호는 내 생명의 은인이다 내가 하수구에 빠졌을 때 119를 불러 구조해서 이 집까지 데려온 장본인이다 밤늦도록 컴퓨터 앞에 앉아 프레젠테이션 연습을 한다 *이놈의 회사 당장 때려치워야지* 스피커 볼륨을 최대로 올리고 게임을 한다 쿵쾅 난리를 치다가 밤늦게 잠자리에 든다 그런 3호를 위해 나는 가끔씩 방에 들러 꼬리를 우아하게 치켜세우고 3호의 다리를 스윽 감았다가 발끝으로 사뿐사뿐 걸으면서 낭랑하게 울어 준다 내가 하수구에서 구출되었을 때 뼈만 남은 나를 보고 통통하게 살 오르라고 분홍 돼지라고 불러 주었다 나는 그 무서운 중성화 수술

을 받고 식욕이 왕성해지고 살이 쪄서 **어느 날부터 저팔계로 불리고 있다**

#4

나는 식구들을 베란다로 유인할 때가 있다 우다다도 싫증 나고 지겨울 때는 베란다에 있는 스크래처 내 소파로 가서 눕는다 식구들이 브러시로 털을 빗겨 준다 나는 편한 포즈를 취하고 브러시가 지나갈 때마다 다정하게 울어 준다 낮 동안 집은 적막강산이다 현관 앞까지 가서 쇠문을 긁어 보지만 아무도 문을 열어 주지 않는다 가끔 까치가 에어컨 환풍기 위로 날아온다 나는 냉큼 달려가 꼬리털을 힘껏 부풀린다 방충망을 사이에 둔 우리 관계는 서로 으르릉거리다 끝이 난다

1호가 책에서 나온다 내가 머리맡에 물어다 놓은 모형 쥐를 발견한 1호는 쥐를 흔들면서 잡아먹는 흉내를 낸다 나는 사고뭉치고 엉뚱하지만 냉랭한 식구들의 대화를 이어 주는 **정의의 사자 저팔계다**

출렁이다

지금 여기 빗줄기 긋고 내려앉은 바다

　파도에 쓱쓱 비벼 읽은 시들은 감칠맛이 나고요 가끔
씩 파도를 움켜잡은 바람이 책장을 넘겨 주다가 부풀어
있는 글자들을 안고 날아가요 발가락 장단을 맞추며 리
듬을 타던 음표들이 풍덩 빠져드는 바다, 혀끝에 짭짤
한 감동을 얹어 주네요 글자들이 튀어 스르르 바다로
빠져들 때는 수평선이 달려와 장단의 긴장을 잡아 주어
요 파란 하늘을 등에 진 책은 하나도 무겁지 않은지 슬
쩍 바람이 밀어 주는 대로 출렁거려요 활자들이 덩달아
커졌다 작아졌다 떨리는 심장을 가만히 만져 주어요 바
다는 돌아가야 할 발걸음을 당겨 솔섬 위로 끌어 앉히
고, 먼 수평선에 살짝 발 끄트머리를 적신 구름이 솔섬
을 가만가만 밀어 주어요

　시퍼런 물결 위에 위태롭게 흔들리는 것이 부표만이
아니라는 걸

어두운 벽지처럼 붙여 두고

어머니 돌아가신 이듬해부터
아버지 기일에 합한 부모님 추도식
추억하는 일보다
푸짐한 저녁상 위로 오가는
안부와 수저 소리 요란하다

어색하게 둘러앉아 주고받는 말들이 천장으로 오
르고
입술에 베이는 마음 한 자락쯤이야
어느 것 하나 뛸 게 없는 나는
작은방 문고리에 마음을 건다

사진 속에서 깃털처럼 마주 보고 웃고 있는
까마득한 아버지를 꺼내 와
방바닥에 앉히고
얌전한 어머니를 꺼내 와
마주 보게 앉힌다

소음처럼 끼어드는 바깥소리를 안주 삼아
술잔이 낮게 기울고
운동회를 난장판으로 만들어 버린
술 취한 아버지를 쓰다가
곱게 차려입은 한복 치마 속으로
마디가 없는 손을 감추고
소풍 따라 나온 어머니를 적다가
방바닥 가득 써 내려간 사연들이 너무 아파서
울음이 문밖까지 새어 나갈 때쯤

검은 비닐 꽃들
양손에 하나씩 달고

아무도 그리워하지 않는
추도식에 물든 어두운 밤은 자박자박

가난한 우리가 들고 있는 검정 비닐봉지 속에서
달랑거린다

검은 밤

낡은 마대 자루에 담긴 밤

육체와 영혼의 틈바구니에서 싸우고 있는 말들이
빠져 있는 강
거친 물살을 심장 위로 퍼붓고 있다
화살 같은 불안을 끌어안고 사방에서 낚아챈 사유의 장
음악으로도 긴 이야기로도 빛나는 문장으로도
닦이지 않는 것들이
종횡무진으로 달리는 불면의 자락들을
나는 얼마나 기다리는지

밤새 낙타의 엉덩이를 수없이 후려치며 검은 밤을 달리
지만 발은 움직이지 않는다 채찍 든 팔에는 힘이 들어가고
허벅지에 붉은 글자를 새기는 수많은 별자리들

내 생의 부표처럼 떠도는 안드로메다

귀 기울이면

어제도 오늘도 말이 되지 못한 재의 날들이
바닥에서 꾸물대고
별들의 구릉 어디쯤 낙타는 나를 기다리고
내 울음을 받아 삼킨 눈이 붉은 낙타는
그렁그렁한 노을을 붙잡고

밤을껴안고뒤척이다마주친나의안드로메다여이밤도
데워진슬픔을사막으로내치는가채찍은허공을향해흔
들리는데너의눈빛은싸늘하고도맵다

뭇별을 꼬아 만든 나의 안드로메다는
성좌의 붉은 얼굴로 나를 비추고
계단은 바깥을 향해 흐르고 있다
왜 바깥인가

나는불안을얼마나사랑하는지밤의두얼굴은바깥이
되고싶어안달이다서늘한새벽이머리를누르고몸속으로
흘러드는더딘바람은언제태풍으로몰아치려는지나를별

들의늪으로내몰고있는

귓속의 시인

김대현(문학평론가)

1. 그 사람

그때
알 듯도 한 그 사람이
과수원 사립문을 밀고 들어왔다

(중략)

사과를 입안 가득 베어 먹는 시간이
달콤하고 황홀한 밤이었다면
훌륭한 밀월이다

일찍이 내게
소리 없이 붙잡혀
붉은 어둠으로 내려앉는 것이
슬쩍 빼앗기는 것이
사과의 미덕이라고 알려 준

알 듯도 한 그 사람

—「훌륭한 밀월」 부분

시인이 건네는 수수께끼로 이야기를 시작하는 것도 좋겠다. '나'도 모르게 찾아와 '나'의 "온몸을 사정없이 흔"드는 사람이 있다. 내 안의 "사과나무"에서 함부로 사과를 꺼내 가는 사람, 그러면서도 넉살 좋게 "슬쩍 빼앗기는 것이/사과의 미덕이라고" 말하는 사람, '나'에게 "소리 없이 붙잡혀/붉은 어둠으로 내려앉"아도 좋다고 권유하는 사람. 그런데 '나'는 왜 "그 사람"이 건네준 사과를 "입안 가득 베어 먹"으며 그와 함께 있는 것을 "달콤하고 황홀한 밤"이라 생각하는 것일까? 이 정도 정보만으로 "그 사람"이 누구인지에 답하는 것은 어려운 일이다. 하지만 우리는 이와 유사한 의문에 대한 하나의 응답을 접한 기억이 있다. '언제 어떻게 왔는지 모르겠'지만 '갑자기 다른 것들로부터' 찾아와 '나'를 부르는 그것. 우리가 기억하는 파블로 네루다라면 아마도 "그 사람"을 시라 불렀을지도 모른다. 네루다에게 시는 윤선의 "그 사람"과 마찬가지로 아무도 모르게 다가와 '나'의 온몸을 열병처럼 휘감고 '영혼 속에서 무언가를 시작하'게 만드는 무언가이기 때문이다. 그럼 윤선의 시에서 언급

하는 "그 사람"은 네루다가 지칭하는 시와 유사한 종류의 것일까? 하지만 이를 네루다의 또 다른 변주로만 읽는 것은 조금 아쉬운 지점이 있다. 그러니 한 걸음 더 나아가자.

주의 깊게 살펴야 할 것은 '나'는 "알 듯도 한 그 사람"을 사실은 알지 못한다는 점이다. '듯'이라는 의존명사는 의존하는 대상에 대한 근사近似이지 대상과의 온전한 일치를 표상하는 것은 아니기 때문이다. 정리하자면 '나'는 "그 사람"을 충분히 안다고 생각하지만 "그 사람"에 대해 여전히 아무것도 모른다는 말이다. 여기서 익숙하면서도 낯선 하나의 개념을 떠올릴 수 있을 것이다. 어떻게든 '나'의 시선으로 포섭하려 하지만 결코 '나'의 세계로 환원될 수 없는 존재, 바로 타자가 그렇다.

문 뒤에 네가 있다
닿지 못할 생각과 낯선 표정들이
단단하게 높아지고
아득한 거리에서 걷다 만난 자정

(중략)

문을 열면 네가 있다

벽 앞에 벽 뒤에도 벽 안에도 네가 있다

벽은 슬픔이다

—「초록이」 부분

　이제 시인이 말하는 "그 사람"이 누구인지 어림할 수
있을 것이다. 윤선에게 시는 자신의 이해로 포섭할 수 없
는 것들을 향해 나아가는 일이다. 시인은 "문 뒤에" 아
니, "벽 앞에 벽 뒤에도 벽 안에도" 존재하는 '너', 다시
말해 '나'의 내부와 외부를 막론하고 어디에도 상존하
고 있는 '너(들)'의 "닿지 못할 생각과 낯선 표정들"에 다
가가기 위해 끊임없이 '그 사람'에게 향하는 문을 두드린
다. 때로는 "당신에게 닿지 못하는 시간"에 접속하기 위
해 "당신의 높은 담장을/훌쩍 뛰어오"를 수 있도록 "굽
이 높은 빨간 구두를 신"(「장미는 어떻게 흘러내리는지
몰라」)어 보기도 한다. 하지만 안타깝게도 이런 노력은
보답받지 못한다. '강'에 빠져 구조를 받지 못하고 허우
적대는 '나'를 보며 "애인의 울음소리는 *왜 강물 위에 닿
지 않는 걸까요?* "(「아르노 강가에서」)라고 울부짖는 것
처럼, 아무리 서로의 심부에 다가가려 해도 근원적인 실
존의 위기 앞에서 우리 모두는 언제나 서로에게 도달
할 수 없는 타자이기 때문이다. 이러한 불가능성에도 불
구하고 시인은 멈추지 않고 다시 "당신의 구멍 난 가슴"

(「모란은 피고 있는데」)을 향해 나아간다. 요컨대 시인에게 시는 결코 도달할 수 없는 것을 알면서도 "걸.어.서.걸. 어.서.닿.을.수.만.있.다.면.너.라.는.문.장.에."(「덕수궁 돌담길이 문장이었으면」)라는 진술처럼 그 누군가를 향해 끊임없이 더듬거리며 걸어가는 지난한 몸짓이라는 이야기다.

2. 얼굴의 요청

여기서 우리는 하나의 물음을 얻을 수 있다. '그 사람'을 영원히 이해할 수 없음에도 불구하고 시인은 왜 '그 사람'을 향해 나아가는가? 여기서는 레비나스를 빌리자. 레비나스는 우리가 타자와 관계를 맺는 형식에 대해 이른바 '얼굴의 현현'을 통해 접근한다. 살펴볼 것은 현현의 의미다. 현현은 보아서 보는 것이 아니라 마치 계시처럼 스스로 나타나는 것이다. 레비나스에게 타인의 얼굴은 우리의 의지와 무관하게 갑작스럽게 다가온다. 윤선의 시에 나타나는 얼굴 또한 준비 없이 우리의 앞에 다가온다는 점에서 이와 마찬가지다. 그 얼굴(들)은 "전단지 속 얼굴은 밟히고 있어요 입과 눈이 찢어지고 귀가 어그러졌어요 내 얼굴에 스멀스멀 찾아드는 구두 발자국"(「바빌론」)처럼 세계로부터 짓밟히고 모욕당하거나 "지갑이 얇은 얼굴들"(「, 동물원」)과 같이 가난하고 헐벗

은 얼굴로 나타난다. 때로는 "눈앞에 없는 얼굴들을 데
려와/먹태와 함께 씹는", 하지만 그 너절함이 부끄러워
"화끈거리는 얼굴"(「슬픔보다 높이」)처럼 비루한 삶의
비애로 나타나기도 한다. 이처럼 생의 무게가 주는 견딜
수 없는 고통과 슬픔으로 얼룩진 얼굴(들)은 우리에게
갑작스럽게 나타나 얼굴에 담긴 슬픔에 정동하기를 바
란다. 물론 그 요청은 대체로 거절된다. 우리의 시대는
다른 사람의 슬픔을 마음에 둘 만큼 여유를 부여하지
않는다. 누군가의 고통을 마음에 두는 순간 그는 도태되
는 것이다. 우리는 "세상에서 슬픈 소식을 들을 때는/두
손 모아 짧은 기도를" 하고 서둘러 마음에서 지운다. 그
대가로 "자주 얼굴이 빨개"(「얼굴」)지는 것 정도는 도태
에 비할 때 충분히 감당할 수 있는 부끄러움이다.

> 사과가 익기도 전에
> 내 몸에 달라붙은 불청객은
> 바깥으로 난 모든 길목을 기웃거려요
> 내 몸을 닮은 붉은 사과
> 구멍을 가진 다정한 것들은
> 아침저녁으로 재채기를 해요
>
> (중략)

세상의 모든 슬픔이 망망대해를 떠돌다가

나에게로 배밀이를 해요

나는 어디로 흘러가야 할지 몰라

망설이고 망설이다가

바람이 부는 쪽으로 떠밀려 가요

힘을 다해 꼭대기까지 뽑아 올린 불안들이

굴풋한 소리로 붉게 익어요

내 사과는 긴장하면 할수록

시도 때도 없이 맑은 과즙을 만들어내요

—「사과나무 아래」 부분

　　하지만 이 얼굴의 '요청', 아니 이 '명령'을 거절할 수 없는 사람들이 있다. 자신의 몸에 "구멍을 가진 다정한 것들"이 그러하다. 그들은 "아침저녁으로 재채기를" 한다. '나'의 몸에 난 "구멍"을 통해 언제인지도 모르게 '나'의 몸에 틈입한 "불청객"이 가져온 "슬픔"들이 '나'의 어딘가를 건드리고 있기 때문이다. 그런데 '나'는 왜 요청하지도 않은 "불청객"들과 함께하는 것일까? 여기서 "구멍"을 '결핍'으로 읽어도 좋을 것이다. 자신의 내부에 결핍이 없는 사람들은 타인의 슬픔을 이해할 수 없다. 온통 자신의 문제로 가득 차 있는 그들의 신체는 다른 사람의 슬픔을 받아들이는 것이 가능하지 않은 것이다. 하지만 "구멍" 난 신체는 다르다. 그는 자신이 결핍된 존재임을 인지하고 있다. 나아가 이 결핍은 "어부의 아내를 꿈꾸는데/그런 애인을 꿈꾸는데"(「어부의 아내」)와 같이 단독자의 내부에서는 결코 채워질 수 없는 종류의 존재론적 결핍이다. "자라지 못하고 뒤처지는 것들이 몸속 구멍으로 하나둘 빠져나와"(「조조 영화를 보러 갔다」) "당신의 구멍 난 가슴"(「모란은 피고 있는데」)을 찾아 나아가는 것이나 "세상의 모든 슬픔이 망망대해를 떠돌다가/나에게로 배밀이를" 하는 까닭도 이와 다르지 않다. 내부에 "구멍을 가진" 존재만이 또 다른 "구멍을 가진" 존재를 받아들일 수 있다. 물론 그 역逆도 가능하다. 그렇게 '나'는, 그리고 '나'의 결핍에 정동한 '너(들)'은 서로에게 부여된 슬픔을 부여안고 "어디로 흘러가야 할지 몰라/망설이고 망설이다가" 세상의 비참한 슬픔들을 찾아 "바람이 부는 쪽으로 떠밀려" 간다. "구멍을 가진" '나'가 타인의 "슬픔"과 "불안"을 받아들여 스스로의 신체를 "긴장"시킬 때 '나'는 "시도 때도 없이 맑은 과즙을 만들어"낼 수 있기 때문이다.

낡은 마대 자루에 담긴 밤

육체와 영혼의 틈바구니에서 싸우고 있는 말들이 빠
져 있는 강
거친 물살을 심장 위로 퍼붓고 있다
화살 같은 불안을 끌어안고 사방에서 낚아챈 사유의 장
음악으로도 긴 이야기로도 빛나는 문장으로도
닦이지 않는 것들이
종횡무진으로 달리는 불면의 자락들을
나는 얼마나 기다리는지

(중략)

뭇별을 꼬아 만든 나의 안드로메다는
성좌의 붉은 얼굴로 나를 비추고
계단은 바깥을 향해 흐르고 있다
왜 바깥인가

나는불안을얼마나사랑하는지밤의두얼굴은바깥이되
고싶어안달이다서늘한새벽이머리를누르고몸속으로홀
러드는더딘바람은언제태풍으로몰아치려는지나를별들
의늪으로내몰고있는

—「검은 밤」부분

앞서의 시에서 아직 풀리지 않은 의문이 있다. "불청객"들은 '나'의 안에 머무르고 있음에도 다시 "바깥으로 난 모든 길목을 기웃"(「사과나무 아래」)거리는 것이 그렇다. 이에 대한 응답은 "바깥이되고싶어안달"하는 "낡은 마대 자루에 담긴 밤"에서 찾아보도록 하자. 이들은 모두 무언가의 '안'에서 "바깥"을 동경한다. 이를 이해하기 위해서는 먼저 안과 바깥의 의미에 대해 파악해야 한다. '바깥의 사유'를 역설한 푸코에게 '안'은 우리의 사유와 언어의 한계를 의미한다. '안'과 "바깥"은 물리적으로 구획된 공간이 아니라 '나'를 기점으로 구획된 공간이다. 이는 시인도 마찬가지다. '나'는 "바깥"의 존재를 인지하고 있지만 "바깥"은 결코 우리에게 자리를 내어 주지 않는다. '나'가 "바깥"으로 이동한 순간부터 "바깥"은 안으로 전환되고 '나'의 "바깥"은 새로이 생성된다. "바깥"은 영원히 도달하지 못하는 불가능성의 영역이다. '안'과 "바깥"은 고정된 영역이 아니다. 동시에 바깥은 '나'의 이해로 승인되지 않은 것들, 예컨대 "음악으로도 긴 이야기로도 빛나는 문장으로도/닦이지 않는 것들이/종횡무진으로 달리는" 이른바 규범화되지 않은 언어들이 규칙 없이 배회하는 장소이다. "바깥"은 결국 타자의 다른 이름이다. 그래서 "바깥"은 우리에게 "불안"과 같은 의미를 가진다. 죽음의 이름[1]처럼 우리가 이해하지 못

---

1 하데스(Hades)는 그리스어로 부정의 접두어 'a'와 '보다'를 의미하는 동사 'idein'이 결합된 것으로, 보이지 않는 자를 의미한다. '보다(see)'는 '알다(see)'와 동의어이므로 하데스는 이해할 수 없는 것을 의미한다.

하는 것은 두려움과 "불안"의 대상이 되기 때문이다. '바깥의 사유'가 좀처럼 이루어지지 않는 까닭이다. 하지만 이런 우리의 일반적인 믿음과 달리 시인은 "나는 불안을 얼마나 사랑하는지"를 되뇌며 "바깥"을 사유한다. "어제도 오늘도 말이 되지 못한 재의 날들이" 갇혀 있는 "밤"에서 오로지 "바깥"만이 "육체와 영혼의 틈바구니에서 싸우고 있는 말들이" 빠져나올 수 있는 가능성의 영역이기 때문이다. 시인이 "망치를 잡는다/새벽이 오기 전에 방을 허물어야 한다"(「렌토」)고 서두르는 이유도 다르지 않다. 바깥이 우리에게 모습을 드러낼 수 있는 유일한 가능성은 바로 '나'가 거주하는 '안'에 대한 해체에 있는 것이다. "멀리 있는 신들과 죽은 자들이 접선"하는 순간에 합류하기 위해 "몸 밖으로 솟은 말들을 쏘아 올리"는 나무들이 "마당 바깥으로 나가는 것"(「사이프러스가 있는 길」)도 마찬가지다. "새로운 사유와 상징과 은유와 상상력"(「렌토」)은 결국 규범의 위반을 통한 기존의 '나'에 대한 갱신에서 기인한다.

이제 미루어 두었던 앞서의 물음에 답할 수 있을 것이다. 요컨대 시인이 타인의 얼굴을 응시하는 것은 결핍으로 점철된 '나'의 한계를 승인하고 자신만의 폐쇄된 세계에 갇힌 '나'를 새로운 의미들이 무한히 펼쳐져 있는 "바깥"으로 견인하는 하나의 사건이라는 이야기다.

낯선 것들이 야기하는 온갖 종류의 "불안"에도 불구하고 시인에게 타자와의 만남은 시에 대한 탐구이자 삶 전체에 대한 탐구이다. 시인은 타인의 얼굴과 정동하는 이 비가역적 사건들을 통해 끊임없이 '나'를 위반하고 갱신한다.

3. 귓속의 시인

다시 우리가 시인에게 물어야 할 것은 타인과의 소통은 어떻게 이루어지는가에 대한 문제다. 상기한 대로 타자는 인지의 대상이 될 수 있지만 앎의 대상은 아니다. '알음'은 '그 사람'의 타자성을 '나'의 사고회로에 포섭하는 것으로 새로움의 생성이 아닌 동일성의 반복에 지나지 않는 것이다.

배에서 꼬르륵 소리가 날 때까지 내 귓속에 사는 그녀는 아무런 말이 없어 속상하거나 얼굴이 토마토처럼 익어 갈 때 내 귓바퀴를 톡톡 치며 이어폰을 꽂아 주거든 매일 어두운 귓속에 웅크리고 앉아 더 깊숙이 어둠을 껴안는 방법을 모색하다가 사람들의 입술에 흔들릴까 봐 착 달라붙어 달팽이처럼 감겨 사방이 어둠에 발을 내려놓을 때 살짝 기어 나와 햇빛과 바람과 구름을 통과한 오늘을 킁킁 핥아 보지만 정적에 끼어든 말소리에 놀라 얼른

몸을 감지

　내 귓속에 사는 그녀는 토막 난 말들을 잔뜩 부려 놓고 심술을 부릴 때도 있어 그녀가 부풀린 말이 줄어들지 않아 밤새 거품을 지우느라 하얗게 날을 밝힐 때도 있었지 그녀가 튀긴 얼룩은 여러 색깔로 변해 내 몸에 이상한 지도를 그려 놓고 귓바퀴가 울리도록 깔깔대며 데구루루 구르지 부메랑은 왜 다시 날아드는지 알아? 네가 던진 말이 그리워서 네 가슴에 별처럼 박히고 싶은 거야

　내 귓속에 사는 그녀는 심술보가 커서 입이 찢어지는 줄도 모르고 마구잡이로 말들을 집어삼키지 얘야, 말은 퍼 나르는 것이 아니라 내 속에 깊숙이 가두는 거란다 그래야 가끔씩 넘나드는 햇볕과 바람과 구름이 너를 단단하게 감싸 준단다 구수한 가이사의 목소리가 귓바퀴를 울릴 때쯤이면 나는 그녀의 배를 가르고 싶어져 그녀가 삼킨 것이 그녀의 빨간 질투의 콩밥이었는지 메피스토펠레스가 빼앗으려는 영혼이었는지 금기된 우리의 진한 의리였는지 야누스의 살짝 얽은 민낯이었는지 따뜻하고 몽글몽글한 그녀의 진실한 영혼을 만져 보고 싶었거든

　내 귓속에 사는 그녀는 나의 서사를 훔쳐서 자기 것으

로 착각해 마르지 않는 내 옷을 뒤집어쓰려고 하지 내 몸
뚱이의 고약한 냄새가 달라붙은 서사를 꾸며 모자처럼
쓰고 다녀 바람과 함께 사라질 수는 없는 건가요? 빨간
토마토? 부딪치는 건 눈빛이 아니고 마음인데 내 귓속에
사는 그녀는 온통 귓속밖에 모르니까 프로펠러처럼 돌
고 있는 오늘을 귓속으로 가져가려고 붉은 혀를 내밀어
귓속은 말을 담을 수는 있지만 슬픔과 눈물은 담을 수 없
는데 말이야 그래서 나도 슬퍼져 내 귓속에 사는 그녀

— 「귓속의 그녀」 전문

시인은 이에 대한 응답으로 '귀'를 제시한다. 인용한
시를 살피자. 시인의 귓속에는 서로 다른 별개의 문법을
가지는 "그녀(들)"이 거주한다. 모호한 정체를 가진 "그녀
(들)의" 소리는 때로는 부끄러움이 많은 겁쟁이처럼 "어
두운 귓속에 웅크리고 앉아 더 깊숙이 어둠을 껴안는
방법을 모색"하거나 때로는 "토막 난 말들을 잔뜩 부려
놓고 심술을 부"리는 장난꾸러기의 모습으로 나타난다.
그것도 모자라 심지어 '나'의 "서사를 훔쳐서 자기 것"으
로 전유하기도 한다. 흥미로운 것은 시인의 반응이다. 시
인은 "그녀(들)"이 훔치는 "서사"는 물론 "그녀(들)"이 점
유하고 있는 자신의 "귓속"에 대해 어떠한 소유권도 주
장하지 않는다. 시인과 그녀(들)은 시인의 "귓속"에서 아

무런 권리와 의무도 주고받지 않는 평등한 존재이다. "그녀(들)"은 시인의 "귓속"에서 어우러지며 어떠한 위계 없이 자신만의 방언을 지속적으로 토로한다. 시인은 "그녀(들)"의 발언에 대해 간섭하지 않는다. 자신의 말을 유예하고 언제까지나 "그녀(들)"의 이야기를 들을 뿐이다.

이제 '시인'에 대한 시인의 견해를 가늠할 수 있을 것이다. 시에 대해 만연한 오해 중 하나는 시가 '입'에서 나오는 것이라는 데 있다. 이는 시가 '나'를 앞세운 1인칭의 독백이라는 점에 기인한다. 대상에 대한 이해를 자신의 기준으로 (그래서 폭력적으로) 기술한 일부의 시들이 그 원인일 것이다. 하지만 과연 그런가? 상기한 대로 시인에게 시는 자신이 정동하는 대상, 다시 말해 타인의 얼굴과 존재의 심연에서 만남을 가지는 사건이다. 그 만남을 통해 시인은 지금까지 자신이 점유한 앎의 영역을 해체하고 사건의 새로운 지점을 포착한다. 그래서 시는 가끔 하릴없는 개인의 주절거림으로 보이지만 사실은 타자에 대한 모색을 극한의 지점까지 끌고 간 이후에 얻은 인식을 고유의 발성으로 전화하는 과정이다. "말은 퍼 나르는 것이 아니라 내 속에 깊이 가두는 거란다"라는 진술의 의미는 이런 것이다. 시인의 언어가 가끔 "바벨탑이 와르르 머리를 내리"(「허파가 뜨는 시간」)치는 것처럼 어지러워 보이는 것이나 "입술이 간질간질하도록 풀을 뜯고 싶"어도 "조금만 참"고 "푸른 풀물이 내 몸을 물들일 수 있"을 때까지 함부로 "자꾸 손 내밀어 상대방 마음을 넘보지"(「말을 가두어요, 조세핀」) 말아야 하는 것도 마찬가지다. '나'의 언어로 상대를 재단하고 기술하는 것, 그것은 그 자체로 폭력적이다. 그래서 시인의 언어는 1인칭이면서 언제나 다인칭이다. 시인의 귀에 갈무리된 모든 존재의 말들이 시인의 시를 구성하는 것이다. 시는 '입'이 아닌 "귓속"에 산다.

숨소리가 작게 들려와요 내 날숨과 들숨에 맞춰 꼬리를 뱅글뱅글 돌렸다가 얇은 숨소리조차 멀어지면 스르르 멈추어요 우리는 서로 깜박이는 눈빛을 들여다보며 먼 시간 속으로 여행을 떠나요 꼬리가 딱 멈췄어요 귀를 양옆으로 살짝 기울인 채, 나는 잠시 숙연해지고요 내 숨소리가 다시 피어오르면 그때 내 속의 말들을 전해 주어요 사람들이 수없이 남발하는 상투적인 말을 다 지우고 다가가면요 반짝 굴리는 눈 가장자리가 빛나요

쭈뼛쭈뼛 세우는 수염과 말았다 펴는 동그란 꼬리의 말을 모아서 온몸으로 소리를 만드는 거예요 이제 이마를 서로 맞댈 차례예요 우린 서로 안마하듯 이마를 꾹꾹 누르고 낮게 소리를 내요 숨소리가 닿는 저 깊숙한 곳까지

　　　　　　　　　　　　—「숨소리 닿는 저 깊숙한 곳」 부분

이제 마지막 물음이다. 말이 부재하는 상황에서 우리는 타인의 얼굴이 요청하는 고통과 슬픔에 어떻게 정동하는가? 다시 레비나스를 부르자. 레비나스에게 타자는 적극적으로 풀이해야 할 이해의 대상도, 그렇다고 홀로 내버려 두고 멀리서 바라보아야 하는 관조의 대상도 아니다. 타인의 얼굴은 우리의 이해를 넘어선 사건으로 여전히 '낯선 이'로 남아 있으면서 동시에 환대의 대상이 되어야 하는 것이다. 과연 가능한 일인가?

시인에게 이는 불가능의 영역이 아니다. 예컨대 이런 것이다. 시인에게 타자와의 정동은 "상투적인 말을 다 지우고 다가가"는 지점에서부터 시작한다. 기성의 언어, 다시 말해 폭력적인 언어로 자신을 포섭하려는 것이 아닌 것을 깨달은 상대는 "눈 가장자리"를 "반짝"인다. 이후 상대의 "숨소리"에 "내 날숨과 들숨"을 맞춘다. 그리고 "소리"를 만든다. 이 "소리"는 언어로 구성된 소리가 아니라 "온몸으로" 만드는 "소리"다. 여기서 "온몸"은 상대를 환대하기 위해 자신의 모든 것을 던지겠다는 다짐처럼 들린다. 그리고 이 소리를 서로의 "숨소리가 닿는 저 깊숙한 곳까지" 교환한다. 신이 자신의 피조물에게 숨을 불어 넣어 영혼을 부여하는 것처럼 시인의 시 또한 이 지점에서 개시된다. 다시 말해 시인에게 있어 시는 언어로 표상되기 이전에 상대와 함께 호

흡하며 "온몸으로" 서로의 가장 깊은 지점에 이르는 과
정이다.

> 한 상 차린 늦은 저녁상 앞에
> 등이 넓은 남자
> 밥 한술 뜨는지
> 굽은 어깨가 조금씩 흔들린다
>
> (중략)
>
> 등과 등이 닿아서 함께 흔들리고 싶은
> 봄밤
>
> ―「달빛이 너무 좋아서」 부분

> 평원에 달려든 음표들이 강으로 뛰어들고 있다
> 지평선은 멀리에서 입술을 꼭 닫고
>
> 이글거리는 건반 위로 포복하는 사자 무리들
> 물소 떼의 발걸음에 숨을 고른다
>
> 다리를 다친 새끼 물소는
> 악보를 이탈하고

속수무책

사자의 이빨에 걸려든다

긴 울음을 악보 밖으로 쏟아붓는 어미 소

—「추격」 부분

마찬가지로 인용한 시에서 사내의 슬픔은 언어로 위로될 수 없는 것이다. "등이 넓은" 그는 자신의 슬픔 또한 언어가 아닌 "굽은 어깨"의 흔들림처럼 "등"으로 표현한다. "악보를 이탈"한 새끼 물소의 죽음도 마찬가지다. "어미 소"의 "긴 울음"처럼 치유할 수 없는 슬픔은 언제나 "악보 밖"에 자리한다. 이처럼 아무도 위로하지 못하는 말들이 아무에게도 위로받지 못하고 허공을 떠돌 때 우리는 무엇을 할 수 있는가. 사실 어렵지 않은 일이다. 그러면 말을 접고 "등과 등이 닿아서 함께 흔들리"면 그만인 것이다. 그렇게 "서로의 아픔을 디디고 선 우리는 콧등으로 슬픔을 어루만지며 숨결을 타고 흐르는 당신과 나의 낮은 터널을 뚫"(「당신의 리듬을 매만져 봅니다」)을 수 있을 때 서로의 슬픔에 진정으로 다가갈 수 있는 것이다.

4. 다정한 말들

오토바이 사고로 죽은 작은오빠가 꿈속을 자주 기웃거렸다 큰오빠는 종일 전축을 끌어안고 더그린그린그래스오브호옴이 대청마루를 훑는 동안 나는 두꺼운 책에 코를 박았다 언니는 상방 방구석에 틀어박혀 서울에서 온 편지를 읽고 또 읽었다 오붓하게 불러 오던 언니 배가 찬송가가 펼쳐진 풍금에 닿았고 건반 위로 아카시아꽃이 자꾸 떨어졌다 나는 세계 명작동화를 옆구리에 끼고 철 가면을 썼다가 폭풍의 언덕을 오르내렸다가

금을 그은 듯 우물 옆 꽃밭에는 담장 그늘이 반쯤 걸려 있고 교회 종소리가 아까시나무 가지 사이로 울려 퍼졌다 꽃잎들이 햇빛을 튕길 때면 죽은 오빠가 꽃밭에서 날아오르곤 했다 담장 밑 접시꽃만 땡볕에 붉은 입술을 내밀고 엄마는 검은 주름치마 속에 당신의 그림자를 감추고 예배당으로 갔다

동네를 감싸 안은 아까시 숲은 우리 집을 폭 가라앉히고 가끔 뒷집 말 울음소리가 목에 감겼다 낮은 포복으로 엎드린 지붕과 마당과 초록 대문은 무사했다 밥상에 둘러앉은 우리는 말없이 밥그릇을 비웠고 그날도 그다음

날도 우리는 아무 일 없었다 비봉길 86-4번지 아까시나
무 그늘만 깊었다

— 「비봉길 초록 대문」 부분

시인이 그리는 하나의 풍경을 엿보는 것으로 마무리
를 지으면 좋겠다. "비봉길 86-4번지"에 "초록 대문"을 가
진 집이 있다. 그 안에서 "큰오빠는 종일 전축을 끌어안
고" 음악을 듣는다. '나'는 음악을 배경으로 "폭풍의 언
덕"을 읽거나 "철 가면"을 읽는다. 사랑하는 사람이 보내
준 편지일까? 임신을 한 언니는 "서울에서 온 편지를 읽
고 또 읽"는다. "엄마는 검은 주름치마"를 입고 예배당으
로 간다. 사실 그리 낯선 풍경은 아니다. 어딘가의 일상
에서 한 번쯤은 마주할 수 있는 조합이다. 하지만 여기
에는 아직 기술되지 않은 내용이 있다. 한 사람의 부재
가 그렇다. 한 사람의 부재라는 외형으로 드러나지 않는
'결여된 풍경'은 평온한 일상을 온통 슬픔의 영역으로
잠식한다. '그 사람'은 부재하지만 모두의 마음에 슬픔으
로 현전한다.

우리의 일상도 마찬가지다. "태평하게 보이는 사람들
도 마음속을 두드려 보면/어딘가 슬픈 소리가 나거든
요"(「말을 거두어요, 조세핀」)라는 소세키를 빌린 시인
의 말처럼 우리는 모두 내면에 치유될 수 없는 슬픔을

158

가지고 있다. 우리의 모습은 모두 누군가에게 정동을 요청하는, 그래서 혼자 죽지 않게 해 달라고, 혼자 슬퍼하게 두지 말라고 요청하는 '타인의 얼굴'로 나타난다. 시인은 그 요청에 전력으로 응하는 사람이다. 시인은 "두려워서 망설이"는 우리에게 "먼저 문을 열고 들어와 촛불을 밝혀"(「왈츠 2번」) 주는 사람이다. 그렇게 그는 말하고 싶지만 말할 수 없는 것들의 소리를 듣는다. 시인에게 시는 그들의 언어를 온전히 듣고 나서야 말할 수 있는 가장 나중의 언어이다. 하지만 시인의 시는 그 모든 슬픔의 소리를 온몸으로 감싸 안는다는 점에서 가장 다정한 언어이기도 하다. 슬픔의 심연으로 다가가면서도 이토록 "다정한 말들을 뿐"(「연두」)리는 시인의 소리에 귀를 기울일 수밖에 없는 이유다.

별들의 구릉 어디쯤 낙타는 나를 기다리고

2023년 9월 11일 1판 1쇄 펴냄

지은이   윤선
펴낸이   김성규
편집   김안녕 한도연
디자인   신아영
펴낸곳   걷는사람
주소   서울 마포구 월드컵로16길 51 서교자이빌 304호
전화   02 323 2602
팩스   02 323 2603
등록   2016년 11월 18일 제25100-2016-000083호

ISBN 979-11-92333-92-2 04810
ISBN 979-11-89128-01-2 (세트)